Marie-Thérèse Denis

D'où viens-tu, Anaëlle ?

Roman

LE LYS BLEU
ÉDITIONS

ISBN : 978-2-37877-746-3

A Maman.

A Jean-Jacques, pour tous ces mots,

toutes ces notes, toutes ces émotions,

Il y a des liens qui résistent à l'épreuve du temps.

Et l'on n'y peut rien...

On se sent bien dans sa vie et puis un jour, un papier, des mots…
tout bascule.
On perd pied.

I

Il faisait beau cet après-midi d'avril.
Marie profitait de ses vacances pour emmener Anaëlle au parc. Anaëlle, sa fille, jolie petite bouille de 3 ans.
Il y avait beaucoup de monde. Chacun semblait apprécier les premiers beaux jours après une longue période de grisaille et de pluie.
Anaëlle jouait au ballon avec un petit garçon. Elle n'était pas très farouche et se liait facilement avec les autres enfants. Bientôt, elle irait à l'école.

Voilà que le ballon atterrit sur un banc à côté d'un jeune homme et rebondit sur le bras de celui-ci !
Le jeune homme, accaparé par sa lecture, n'avait rien vu venir. Lorsqu'il leva la tête, Anaëlle était là, devant lui, figée, le fixant des yeux. Le jeune homme était presque gêné, lui qui n'avait pas l'habitude des enfants. Il ne savait pas s'il devait sourire ou dire quelque chose. Il n'avait même pas eu l'idée de chercher qui accompagnait cette enfant.
« Papa » lança Anaëlle lorsque le jeune homme lui rendit le ballon.

Marie était très gênée, d'autant plus qu'Anaëlle restait là à fixer le jeune homme.
— Retourne jouer Anaëlle, laisse le monsieur tranquille.
— Oh, ce n'est rien, ce n'est pas un petit ballon qui va m'amocher !
Il enchaîna aussitôt avec un joli sourire :
— Vous venez souvent ici ?

— Oui lorsque je ne travaille pas. Je ne vous ai jamais vu. C'est lequel votre enfant ?
— Oh, aucun, je cherchais seulement un banc pour lire. J'aime bien qu'il y ait de la vie autour de moi. Je m'appelle Franck, dit-il avant de demander, d'une façon très naturelle, comme s'il parlait à une vieille connaissance « vous voulez une glace ? »
Franck se surprenait lui-même d'avoir fait cette proposition, aussi brutale que saugrenue.
Marie s'entendit répondre oui à cet inconnu sans même avoir réfléchi. Elle entendait sa mère « Ça va pas, tu sais pas qui c'est ce type, t'es pas un peu folle ! avec tous les tarés qu'il y a sur terre ! » Pourtant, elle sentait qu'elle ne risquait rien avec lui. Pourquoi ? Elle ne le savait pas, peut-être sa façon d'être quand il avait regardé Anaëlle.

Cet après-midi-là, Marie et Franck se sont raconté leurs vies.

* * *

Marie vivait seule avec Anaëlle depuis plus d'un an déjà. Son mari Marc n'était plus là depuis ce foutu accident de voiture.
Ils étaient heureux tous les trois et n'imaginaient pas que cela puisse un jour s'arrêter.
Pourtant cela n'avait pas été facile. Désirant très fort un enfant, ils avaient décidé d'adopter car Dame nature ne voulait pas leur en donner. C'est comme cela qu'Anaëlle était venue agrandir la famille. Après de longs mois de démarches, de doutes, de faux espoirs, ils avaient réussi à avoir une jolie petite fille de quelques mois. C'était inespéré tant il était difficile de trouver des bébés à adopter. Enfin, ils pourraient réaliser leur rêve : une famille unie.

Malheureusement, le destin en avait décidé autrement…

Franck avait tout écouté. Il vivait seul lui aussi et le célibat lui pesait un peu mais pas trop. Il ne voulait pas se précipiter car il avait été déçu

dans le passé par un premier amour mais cela, il ne l'avait pas dit à Marie.
Il était aussi en vacances.

Presque tous les après-midi, ils se sont retrouvés au parc, discutant, regardant les enfants jouer, sauter, gravir les marches du toboggan, se salir dans le sable, parfois se chamailler.
Franck aimait bien Anaëlle. Elle semblait l'apprécier elle aussi. Le courant était tout de suite passé entre eux. Pourtant, Franck n'était pas un grand habitué des enfants. Il n'y en avait pas beaucoup dans son entourage. Il se découvrait des qualités de patience et de communication qu'il ne se connaissait pas.

Les vacances s'étaient terminées mais nos trois amis n'avaient pas cessé de se voir. Plusieurs fois par semaine, même. On aurait dit qu'ils ne pouvaient plus se passer les uns des autres.
C'est ainsi qu'un jour, après quelques semaines, Franck lança :
— Si on vivait ensemble !
Marie n'en crut pas ses oreilles. Il lui demandait cela comme ça ! alors qu'il n'y avait jamais rien eu de sérieux entre eux. Jamais il n'avait tenté de l'embrasser. Jamais ils ne s'étaient touchés. Non, c'était comme s'ils s'étaient toujours connus.
Marie n'avait pas répondu tout de suite.

Elle n'avait jamais oublié son mari. Il restait toujours dans son cœur. Pourtant, aujourd'hui, elle se sentait prête à aimer à nouveau. Seulement, c'était un peu rapide.

Franck se rendit compte de sa maladresse :
— Pardon, c'est idiot, ce que je viens de dire mais je me sens tellement bien avec vous deux. Tu comprends. Je pense tout le temps à toi.
Tout en parlant, Franck regardait Marie. Il avait l'impression qu'il y avait dans son regard ce qu'il ressentait au plus profond de lui-même.

Il ne savait pas pourquoi il se sentait aussi à l'aise. Il ressentait les choses. Il savait que c'était possible, c'est tout…

Alors Marie, comme le premier jour où elle avait accepté une glace, sans trop savoir pourquoi, s'entendit dire « oui ».

* * *

Les choses s'étaient ensuite enchaînées naturellement. Ils s'installèrent assez rapidement ensemble.
Une nouvelle famille était née. Mariage, adoption, un nouveau départ. Anaëlle avait un nouveau papa.

Quelques mois plus tard, Marie a connu le bonheur d'être enceinte et une autre petite fille est venue agrandir la famille : Charline.

De jour en jour, de mois en mois, d'année en année, la vie s'est ainsi déroulée du mieux possible avec ses soucis, ses joies, ses peines ; une vie normale quoi...

II

Aujourd'hui, 2 juillet, c'est un grand jour : Anaëlle a 18 ans. Elle a obtenu son Bac et se prépare à entrer à la Fac. Ce qu'elle aime, c'est la protection de l'environnement. Un peu écolo, elle aimerait trouver quelque chose pour « sauver le monde de la pollution qui l'étouffe ». De grandes ambitions…
Elle est grande, les cheveux blonds, longs et ondulés, les yeux bleus. On la trouve plutôt jolie mais elle, non, et puis, elle s'en fiche. Pour elle ce n'est pas important.
Ceux qui ne connaissent pas son histoire disent qu'elle ressemble à Franck. C'est un peu vrai.
Elle sait qu'elle a été adoptée, deux fois même… c'est pas banal. Elle en est même un peu fière : j'ai une maman et deux papas adoptifs, si c'est pas de l'amour ça !
Anaëlle, trouvée devant la porte d'un orphelinat, n'a jamais cherché à retrouver ses parents, elle savait que c'était peine perdue. Il y avait eu des recherches quand elle avait été trouvée mais cela n'avait rien donné. Caché dans ses vêtements, il y avait un mot « Je suis née le 2 juillet à 13 H 30. Mon prénom est Anaëlle. S'il vous plaît, donnez-moi des parents pour que j'aie un nom. »
Au moins, on lui avait donné un prénom, un début d'identité. Mais était-ce suffisant pour se construire ?

* * *

18 ans. Une enfance et une adolescence sans problème au milieu d'une famille unie.

C'est l'effervescence dans la maison familiale. Un barnum a été installé sur la pelouse pour accueillir tout le monde. Anaëlle a invité ses amis et la famille pour fêter son anniversaire. Il faut que tout soit prêt pour ce soir.

On sonne à la porte. C'est le facteur : « une lettre recommandée pour Anaëlle SIMOND, c'est bien ici. C'est inscrit GUIRLOT sur la boîte aux lettres ». En fait Anaëlle s'appelle SIMOND-GUIRLOT puisqu'elle a les noms de ses deux pères adoptifs.
— Une lettre recommandée. Peut-être une carte d'anniversaire. C'est sûrement une farce de Fred ! s'enthousiasme Charline.
— Fred, il aurait écrit mes deux noms !
Anaëlle se précipite.
Marie s'interroge :
— C'est qui Fred ?
C'est Charline qui répond :
— Ben Fred, maman, tu sais bien, Frédéric, le petit garçon qui lui avait offert des fleurs en maternelle. Ils se sont retrouvés en 4ème puis au lycée et depuis ils sont inséparables, dit-elle avec un ton malicieux, à peine dissimulé, dans la voix. Tu le verras ce soir. Il est beau !! Et je crois qu'il est amoureux d'Anaëlle.
— Anaëlle, tu ne m'en as jamais parlé, c'est ton amoureux ?
Silence.
— Anaëlle ? que se passe-t-il ?
Marie observe sa fille la lettre entre les mains.
— C'est quoi cette lettre ?

Anaëlle ne peut ouvrir le courrier. Il vient de l'orphelinat. Elle a peur. Quelque chose lui dit que cette lettre va bouleverser sa vie. Que peuvent-ils bien lui vouloir ? Ont-ils retrouvé ses parents ? Vont-ils annuler l'adoption ?

Marie prend l'enveloppe dans laquelle se trouve une lettre banale de l'orphelinat annonçant l'autre enveloppe portant la mention « confidentiel – à n'ouvrir que par ma fille Anaëlle ».
Anaëlle, qui avait repris le courrier, décachette nerveusement l'enveloppe et commence à lire :
« Mon trésor, mon amour, tu ne dois sûrement pas comprendre pourquoi tu reçois cette lettre aujourd'hui. Si tout s'est déroulé comme je l'ai demandé, tu dois avoir 18 ans et je suis sûre que tu es heureuse. Aujourd'hui, tu peux sûrement comprendre.
Ne m'en veux pas. Je ne veux pas te faire de mal mais il faut que tu saches, que tu saches que tu es le fruit d'un amour sincère. »
Anaëlle a les larmes aux yeux. Elle n'arrive pas à lire la suite et tend la lettre à sa mère qui continue la lecture :
« J'ai connu un garçon très gentil. J'avais 16 ans. J'espère que tu pourras comprendre. Nous étions très amoureux. Il avait 5 ans de plus que moi. Mes parents ne voulaient pas que je sorte alors on se voyait en cachette. Nous avons toujours pris nos précautions mais malgré cela, je me suis retrouvée enceinte. Je ne savais pas quoi faire. J'étais mineure. Il était plus vieux que moi. J'aimais terriblement ton père mais je ne voulais pas lui créer d'ennuis. Je ne voulais pas non plus le dire à mes parents qui me croyaient certainement encore vierge. Je sais, j'ai été lâche.
Je pense que mon instinct maternel naissait et je me disais que cet enfant devait naître, je n'avais pas le droit de le priver de la vie mais je ne voulais imposer ce fardeau à personne alors je me suis enfuie loin de chez moi.
J'ai galéré plusieurs semaines en récoltant les restes sur les marchés, en faisant la manche. Un jour, je me suis endormie devant une maison habitée par Simone, une dame veuve d'environ 50 ans. Elle m'a recueillie sans me poser de questions. Elle m'a raconté qu'elle avait perdu une fille de 10 jours qui aurait aujourd'hui mon âge. Cette femme, je ne la remercierai jamais assez. Je suis restée quelques mois chez elle.
J'étais enceinte de 8 mois et tout allait bien.

Simone est partie quelques jours et tu as profité de cette absence pour arriver.
J'avais très peur mais heureusement tout s'est bien passé et j'ai pu me débrouiller toute seule. Simone devait revenir le lendemain et j'ai eu peur qu'on m'envoie à l'hôpital alors, à nouveau, je me suis enfuie. Tu comprends, je ne voulais pas retourner chez mes parents !
Je t'ai nourrie comme j'ai pu. Mais ce n'était pas facile. La nuit, j'avais peur que tu aies froid. J'avais emporté tout ce que Simone avait acheté pour le bébé (couches...) mais ça ne pouvait pas durer et il fallait manger. Je n'avais pas le droit de te faire subir cette vie. Tu méritais mieux que ça. J'ai rencontré des pauvres gens qui avaient trouvé un squat, mais la présence d'un bébé les dérangeait. Alors je les ai quittés.
En marchant, je suis passée devant l'orphelinat. J'ai écrit un petit mot et j'ai attendu que tout soit désert pour te déposer devant la porte. J'ai surveillé de loin pour vérifier qu'on te trouve bien. J'ai failli te rechercher mais, au moment où je m'avançais, deux jeunes femmes t'ont trouvée et ont sonné à l'orphelinat. La dame de l'orphelinat avait l'air gentille. Je suis partie.
Ne m'en veux pas. J'aurais voulu que tout se passe autrement. N'en veux pas non plus à ton père. Il ne connaît même pas ton existence. Le pauvre... J'ai disparu sans rien lui dire. Je suppose qu'il m'en veut beaucoup ; et mes parents, ils ont dû appeler la police. Pauvre de moi, la seule chose que j'ai réussie à faire de bien, c'est toi. Tu es si belle ma petite.
Maintenant, je vais disparaître définitivement. Je vais quitter cette vie avant de faire souffrir d'autres personnes.
N'oublie jamais : si je t'ai abandonnée, ce n'est pas parce que je ne t'aimais pas, c'est pour que tu aies une vie meilleure.
Je ne t'oublierai pas, Je veillerai toujours sur toi.
Ta maman qui t'aime. »

Quand Marie s'arrête de lire, le silence est très pesant dans la pièce. Personne n'ose parler. On entend juste le chant des oiseaux dehors,

imperturbables, en dehors de tout souci, juste contents du temps qu'il fait.
Anaëlle n'en peut plus et court dans sa chambre, aussitôt rejointe par Charline qui laisse la porte ouverte.
— De quel droit, elle m'a fait ça ! Est-ce qu'elle ne pouvait pas me récupérer quand sa situation s'est améliorée. Si au moins elle me donnait le nom de mon père. Cette lettre ne sert à rien. J'avais toujours pensé que ma mère m'aimait sinon elle n'aurait pas pris la peine de me donner un prénom mais cette lettre me fait plus de mal que de bien. Je ne connais même pas son prénom et pourquoi elle dit qu'elle va disparaître, ça veut dire quoi, qu'elle s'est suicidée après ?

Anaëlle n'arrive plus à parler. Elle se réfugie dans les bras de sa sœur et de sa mère qui vient d'arriver à son tour.

Franck, qui rentre tout juste à la maison, sent bien qu'il se passe quelque chose d'inhabituel. Tout le monde semble avoir disparu, laissant les préparatifs à l'abandon. Il entend du bruit dans la chambre et monte aussitôt.
— Que se passe-t-il ?
— Ma mère s'est tuée après m'avoir abandonnée !

Franck prend cette réflexion brutalement comme un coup de poignard. Il ne comprend rien mais a le sentiment qu'il s'est passé quelque chose de grave.

Marie tend la lettre à Franck qui a du mal à s'en remettre. Il lit et commence à comprendre ce qui est venu ternir la quiétude de son foyer.
— Pourquoi papa, pourquoi elle n'est pas venue me rechercher. Je suis née le 2 juillet, la lettre est datée du 15 ?
— Elle avait sûrement peur.
— Peur de quoi ?
— Peur d'être jugée, sans doute avait-elle honte.

— Elle avait honte de moi, c'est pour cela qu'elle m'a abandonnée.

Franck prend conscience d'avoir dit une grosse bêtise. Heureusement, Charline est là pour trouver les mots justes, enfin... c'est ce qu'elle croit :
— Ne juge pas. Tu ne sais pas tout. Il ne faut jamais juger ce que font les gens tant qu'on ne connaît pas toute l'histoire. Ça n'est sûrement pas de toi qu'elle avait honte, mais d'elle. Elle regrettait sûrement de n'avoir rien dit, rien dit au père, rien dit à ses parents et elle avait peur de leurs réactions. Il était trop tard pour revenir en arrière. Sa famille n'était peut-être pas aussi unie que la nôtre. Si elle ne t'avait pas aimée, tu crois qu'elle t'aurait choisi un prénom ! Et puis elle n'aurait pas écrit cette lettre.
— Qu'est-ce que tu sais de la vie toi, tu n'es qu'une gamine !
— Parce que toi, tu sais mieux peut-être ? Parce que tu as 18 ans, tu crois que tu connais tout ? Moi j'essaie de te réconforter et voilà comment tu me réponds. Bonjour la solidarité !

Marie n'en croit pas ses oreilles. Jamais ses filles ne s'étaient parlé aussi violemment.
Charline du haut de ses 13 ans était déjà quelqu'un de très mature. On aurait dit qu'elle comprenait les gens ; elle avait une espèce de feeling. Elle cherchait toujours le meilleur chez les autres et arrivait très souvent à leur trouver des excuses, des circonstances atténuantes. D'ailleurs, elle voulait être avocate. Contrairement à sa sœur, elle était brune et pas très grande, avec des yeux marron. Et pourtant, les gens leur trouvaient quand même des ressemblances. Comme les gens sont parfois stupides ! Comment cela pouvait-il être possible puisqu'elles n'ont aucun lien de sang ?

Franck arrive à calmer ses filles.
Anaëlle s'interroge :
— Pourquoi est-ce que je reçois cette lettre seulement aujourd'hui, comment c'est possible ça ?

— Je ne sais pas mais elle voulait que tu saches que tu avais certes été conçue par accident mais surtout dans l'amour et ça c'est le plus important. Elle pensait sûrement qu'à 18 ans tu pourrais mieux la comprendre et elle avait peut-être peur qu'en donnant cette lettre plus tôt on ait pu la retrouver.

Anaëlle, d'habitude si bavarde, ne dit plus rien et personne n'ose reprendre la conversation.

Le silence pesant qui règne dans la chambre est brusquement interrompu par le bruit de la sonnette d'entrée.
— C'est Fred ! crie Charline tout excitée. On se demande bien pourquoi.
— Oh, non ! pas déjà ! Je ne suis pas prête et qu'est-ce que je vais lui dire ? se demande Anaëlle qui n'a plus du tout la tête à faire la fête.
— Tu pourrais par exemple nous le présenter dit sa mère. Tu n'es pas obligée de lui parler de la lettre aujourd'hui. Allons, ça va aller, la vie continue, on avisera plus tard.
— Tu as raison, maman. Allez l'occuper quelques minutes, le temps que je sois présentable.

Anaëlle est de ces filles-là qui ne se laissent pas facilement abattre et qui réagissent toujours de façon positive aux épreuves.
Jusque-là, elle avait toujours eu la force d'affronter les problèmes mais cette fois-ci elle sentait que ce serait plus dur… Elle n'avait jamais vécu d'épreuves qui pouvaient avoir de réelles conséquences sur son avenir.
Mais la priorité ce soir était aux invités et à la fête… Enfin, elle allait essayer de ne rien faire paraître.

Frédéric attendait patiemment derrière la porte que quelqu'un vienne lui ouvrir. Il avait fait des efforts pour être le plus beau. C'était un jour important pour Anaëlle : 18 ans ce n'est pas rien. Brun, les yeux noisette, assez grand, mince, il était timide, très timide… et avait beaucoup de mal à montrer ses sentiments.

Après l'arrivée de Frédéric qu'Anaëlle avait présenté comme un simple ami (d'ailleurs c'était le cas), d'autres amis et la famille sont arrivés. Les premiers arrivés ont aidé à terminer les préparatifs sans remarquer quoi que ce soit et sans se douter que la foudre était tombée sur la maison.
Car, comme toujours dans ces cas-là, on fait semblant.

La soirée s'est passée comme toujours dans cette famille : dans la joie et la bonne humeur, un peu arrosée pour certaines personnes.
Ce n'est pas Tonton Marcel qui va dire le contraire. Il n'a pas vu l'ouverture des cadeaux et il s'est endormi sur le canapé jusqu'au lendemain matin.

Tonton Marcel, c'est le frère de Franck. Anaëlle ne comprend pas pourquoi il est toujours célibataire. Elle le trouve plutôt bel homme et en plus il est drôle. Mais il sait être sérieux quand il le faut. Tous les deux, ils leur arrivent fréquemment de se faire des confidences et de discuter des heures durant, de tout et de rien : des gens qu'ils connaissent, de ce qui se passe à l'école, de son travail à lui, des stupidités humaines, des hasards de la vie, des rencontres qu'on peut faire, des relations garçons filles, de la fonte des glaciers, du temps qui passe, de sujets sérieux, d'autres futiles, de tout et de rien, quoi…

* * *

Cette nuit-là, pourtant plus courte en temps que les autres, avait été très très longue pour Anaëlle. Elle avait tourné, viré, s'était retournée de multiples fois dans son lit et avait très peu dormi. Elle avait rêvé, rêvé d'une mère affreuse abandonnant son enfant dans une poubelle et puis ensuite d'une pauvre adolescente enceinte qui se faisait battre par son père, qui accouchait dans la rue et qui se rendait compte que son bébé était mort. Affreux…

Elle s'est réveillée comme endolorie, torturée, comme si elle avait un poids énorme sur ses épaules. Elle a l'impression de ne plus avoir de force, comme si elle avait lutté toute la nuit. Elle ne sait plus trop quoi penser. Était-ce réellement ce qui s'était passé ? N'était-ce pas seulement un rêve, ou plutôt un cauchemar ?

La lettre posée sur sa table de nuit la ramène très vite à la réalité. Au début, elle n'ose pas la prendre. Mais il le faut. Il faut affronter ses peurs. Elle la lit, la relit encore et encore, si bien qu'elle finit par la connaître par cœur. Elle pose ses mains sur tous ces mots en se disant que sa mère aussi avait posé ses mains sur ce papier. À un endroit, il y a une petite tache ronde, l'encre a un peu coulé, une larme probablement, sèche depuis si longtemps. Une autre tâche va bientôt apparaître quasiment au même endroit : Anaëlle se libère enfin de sa colère et laisse couler sa peine.

Comme tous les enfants, elle avait posé des questions sur sa naissance mais, comme personne ne savait, elle avait préféré ne rien imaginer. Maintenant c'était différent, elle avait une trace de sa mère, des mots…

C'est sûr, il fallait qu'elle la retrouve. Mais comment ?

III

Il est très tôt mais Anaëlle est déjà levée.
— Mais qu'est-ce qui se passe ? Aïe, ouille, j'ai mal à la tête.
C'est Tonton Marcel qui, réveillé en sursaut, réalise à peine que la fête est finie :
— Quelle heure est-il ?
— Je ne sais pas, répond Anaëlle, je veux retrouver maman.
— Mais elle doit dormir dans sa chambre.
— Mais non, la vraie…
Anaëlle tend la lettre à son oncle qui ne comprend décidément rien :
— Tonton, ça veut dire quoi « je vais quitter cette vie » ? Tu crois qu'elle s'est suicidée ?
— Je ne sais pas, peut-être, dit-il sans vraiment réaliser le poids de ses paroles. Il n'avait pas encore totalement émergé de son sommeil.
— Comment retrouver son nom ?
Tonton Marcel avait beau avoir l'esprit encore embrouillé par la soirée arrosée d'hier, il avait retrouvé un peu de lucidité :
— Peut-être en cherchant dans les archives des journaux de l'époque, dans les décès et les faits divers.
— Merci, Tonton, je t'adore.
— Au fait, tu as eu quoi comme cadeaux ?
— Aucune importance…

D'ailleurs, oui, c'est vrai, elle avait eu quoi comme cadeaux ? Elle a l'impression de ne pas avoir vraiment vécu sa soirée d'anniversaire et maintenant, elle a l'impression de subir cette nouvelle journée qui commence. Elle doit réagir, se ressaisir. Ce n'est pas elle, ça, se laisser aller.

* * *

Marie se lève et voit Anaëlle plongée dans l'annuaire :
— Ça va ?
— Oui.
— Que fais-tu ?
— Je cherche les numéros de téléphone et les adresses de tous les journaux du département. Si ma mère s'est suicidée, il a dû y avoir eu un article. Il doit bien y avoir une trace quelque part. Je les appellerai demain.
Marie n'a rien répondu. Elle ne savait que faire. Elle a préféré laisser sa fille seule pour l'instant.

* * *

La journée de dimanche s'est passée pour Anaëlle avec beaucoup de questions. Mais dans la solitude. Elle a très peu parlé avec ses parents, sa sœur et la famille qui avait dormi à la maison. Après le déjeuner, elle s'est enfermée dans sa chambre.
C'était comme si tout à coup, elle prenait conscience qu'elle avait une histoire ; qu'elle aussi pouvait avoir des souvenirs de famille, autres que ceux de Marie et de Franck ; que son père et sa mère s'aimaient. Avant, elle avait tout imaginé, le bon mais aussi le mauvais : qu'elle était le fruit d'un homme de passage, d'une mère qui avait déjà trop d'enfants et qui n'en voulait plus, que sa mère avait été violée et que c'était pour cela qu'elle avait été abandonnée. Cela, elle pouvait le comprendre, mais ne pas savoir c'était affreux et puis, se dire que son père était peut-être un voyou violent, elle n'osait pas y penser et faisait comme si cela ne la perturbait pas d'avoir été adoptée mais au fond d'elle il y avait toujours cette petite voix qui demandait : mais qui es-tu en fait ? d'où viens-tu ?

C'est un peu comme un être cher qui disparaît : ne pas savoir ce qui est arrivé c'est parfois pire que de découvrir sa mort. On a toujours un espoir, on s'imagine qu'il est quelque part et qu'un jour il va réapparaître. Ne pas savoir, cela empêche de faire son deuil.

Anaëlle n'avait jamais pu faire le deuil de son passé. Elle vivait avec cette incertitude en la gardant enfouie en elle, sans rien montrer au-dehors.

Maintenant, elle avait un espoir. Elle savait qu'elle avait été aimée et que sa mère l'avait laissée pour la protéger et lui offrir une vie meilleure.

En même temps, elle en voulait quand même à sa mère. Si elle avait parlé, d'abord à son amoureux, peut-être qu'il aurait été content. Peut-être qu'ils auraient construit une famille. C'était idiot de fuir sans affronter les problèmes. Cette situation est sans issue possible, cela crée toujours d'autres problèmes. C'était plus facile pour elle de tout cacher mais en même temps c'était courageux de vouloir se débrouiller seule. Vouloir assumer sa souffrance sans faire souffrir les autres. Anaëlle reconnaissait que sa mère avait eu au moins ce mérite-là. Seulement, elle n'avait pas dû en mesurer les conséquences. Élever seule un bébé dans la rue, c'est impossible. Elle n'avait pas pensé à sa famille qui devait être dans la peine de ne plus la voir et puis avait-elle le droit de priver un père de sa fille ? Il avait 21 ans, ce n'était plus un gamin. Elle aurait dû lui dire.

Anaëlle se dit stop : arrête de faire le procès de ta mère ! Le passé, c'est le passé. Il faut maintenant aller de l'avant.

IV

Lundi, Anaëlle est à l'accueil du journal local. Elle est fébrile. Elle avait téléphoné auparavant et avait rendez-vous avec le responsable des archives.
— Que cherchez-vous exactement ? Je n'ai pas bien compris.
— Je ne sais pas trop, quelque chose qui pourrait me rapporter la preuve qu'une jeune fille de 16 ans s'est suicidée il y a 18 ans.
L'homme est surpris par l'aplomb d'Anaëlle. Il se dit que cette jeune fille doit avoir de sérieuses raisons pour rechercher un article de journal aussi vieux qu'elle. Il a besoin de plus de renseignements pour diriger Anaëlle. Il demande des précisions sur la date exacte de sa recherche.
— Les jours qui ont suivi le 15 juillet.
— Venez avec moi. Je vais vous montrer.

Malgré l'aplomb qu'elle a montré, Anaëlle est toute tremblante et suit le jeune homme qui lui a expliqué très gentiment comment s'y retrouver dans toutes ces archives. Il est grand, un physique qu'on ne qualifierait pas de beau mais son sourire éclaire son visage et cela a tout de suite rassuré Anaëlle. Il lui souhaite bon courage sans oublier de préciser qu'elle pouvait l'appeler si elle avait besoin d'aide. Très serviable ce jeune homme !

Elle lit presque tous les journaux en entier. « Un corps retrouvé dans la rivière ». Elle a peut-être enfin trouvé une réponse. Mais non, il

s'agit d'un homme. Elle lit beaucoup d'articles qui l'interpellent et la surprennent :
— une grand-mère retrouvée chez elle presque morte qui explique que son petit-fils s'était énervé alors qu'elle avait refusé de lui donner de l'argent ;
— de jeunes garçons qui sont entrés la nuit dans leur école pour voler le matériel informatique ;
— un garçon fauché qui vole les bijoux des parents de sa petite amie ;
— deux camions qui se sont percutés en pleine ligne droite ;
— des adolescents qui ont joué à celui qui boira le plus de verres et qui ont gagné une place au cimetière ;
— un enfant écrasé par le car duquel il venait de descendre ;
— des voisins qui se font la guerre à cause d'un coq trop bruyant ;
— une femme qui ne peut plus avoir d'enfant à cause d'un chirurgien qui lui a enlevé « par erreur » son utérus…
Anaëlle n'en peut plus. Elle n'imaginait pas qu'il pouvait y avoir autant de vies brisées par des accidents ou tout simplement par la stupidité de certaines personnes. C'est comme si tout à coup la réalité de la vie lui apparaissait. Elle trouve qu'elle a été stupide toutes ces années, bien protégée dans son cocon.

Elle ne trouve cependant aucune trace de suicide ou de mort qui pourrait correspondre à sa mère. Ni même de disparition.
Après plusieurs heures, elle demande au jeune homme si elle peut revenir le lendemain. Ce qu'il lui accorde bien volontiers, trop content qu'une aussi jolie fille ait besoin de ses services.
Elle regarde tous les journaux jusqu'au 20 août. Mais rien ne correspond.
Le jeune homme a l'air désolé. Il semble regretter de la voir partir.

* * *

— Il faut que j'aille voir un autre journal !

Ça lui a pris presque tout le mois de juillet, mais en vain, elle n'a rien trouvé. Elle est devenue presque incollable sur l'actualité du mois de sa naissance. Cela aura au moins servi à cela !

Elle finit par abandonner et se confie à son père :
— Papa, je ne la retrouverai jamais, si au moins j'avais son nom. Comment faire ? Maintenant que j'ai un début de piste, c'est pire, j'ai envie de trouver.
— Tu ne sais même pas dans quelle ville elle était.
— Tu as raison, j'ai cherché ici alors qu'elle était peut-être à 50 ou 100 km. Il faut aller à l'orphelinat. Peut-être que je découvrirai quelque chose.
Franck était d'accord même s'il se disait qu'il n'y aurait pas plus de réponses qu'au moment de l'adoption. Mais il le fallait pour Anaëlle.
— D'accord, j'irai avec toi demain.
Anaëlle ne répond pas.

V

Marie avait décidé de les accompagner.
C'était le silence dans la voiture. Personne n'osait prendre la parole, de peur de dire une bêtise qui aurait pu blesser Anaëlle. Tous voyaient bien qu'elle était plongée dans ses pensées.
Enfin, ils arrivent. L'orphelinat n'a pas beaucoup changé. Seule la façade a été refaite et cela lui donne un aspect neuf. Marie n'était jamais revenue ici. C'était de bons et à la fois de mauvais souvenirs car elle et Marc étaient aussi venus plusieurs fois pour rien.
— Cela me fait bizarre de revenir ici. J'ai l'impression de reconnaître l'odeur des premières fois où je suis venue te voir, dit Marie à Anaëlle.
Une femme, les cheveux grisonnants, se trouvait à l'accueil. Marie l'a immédiatement reconnue. Elle était toujours là avec la même gentillesse, les mêmes yeux pleins de compassion et de bienveillance. Une femme qui a dû consacrer toute sa vie au service des autres.
— Bonjour, nous avons rendez-vous avec le Directeur.
Le Directeur, qui en fait, est une Directrice, vient les chercher avec un grand sourire.
— Que puis-je faire pour vous ?
Anaëlle tend l'enveloppe :
— J'ai reçu cette lettre il y a quelques jours et je voudrais savoir comment vous avez eu l'autre lettre glissée à l'intérieur.
— Nous l'avons reçue il y a un mois par un coursier avec un mot : « Cette lettre doit arriver à Anaëlle déposée devant vos murs le 15 juillet il y a 18 ans. Elle a dû être adoptée. » On s'est posé beaucoup de questions. Il a fallu rechercher dans nos archives pour avoir vos

coordonnées. Nous ne savions pas si l'adresse était toujours la même. Apparemment, vous n'avez pas déménagé depuis l'adoption, sinon vous n'auriez jamais reçu ce pli. Vu l'inscription, nous avons compris que c'était une lettre de votre mère. Nous avons été tentés de l'ouvrir mais avons préféré respecter la volonté de cette femme et votre vie privée.
— C'est impossible que cette lettre ait été écrite il y a 18 ans. Le coursier ne peut pas l'avoir gardée aussi longtemps.
— C'est curieux en effet, mais tout est possible. Regardez, on voit bien que le papier a vieilli. Je vais vous donner les coordonnées de l'entreprise.

Enfin un début de quelque chose. Charline était là aussi. Elle adorait les jeux de piste et celui-là, avec un réel enjeu, était très excitant.
Pour Anaëlle, excitant n'était pas le mot qu'elle aurait employé ; le mot le plus adéquat était plutôt « vital ».

* * *

La société de coursier était en pleine ville : une petite vitrine discrète, à peine visible, entre deux magasins de vêtements. On aurait presque pu passer à côté sans la voir. On se demandait comment l'entreprise faisait pour subsister.
Cette fois-ci, ils n'ont pas prévenu de leur passage et pensent être bien accueillis. Malheureusement, l'accueil n'est pas celui espéré.
Un homme un peu rustre, chauve avec de petites lunettes se trouve à l'entrée. « Je n'aurais pas envie de lui confier une course » pense Anaëlle « et puis avec ses gros sourcils, il fait peur ».
Anaëlle, d'habitude si peu timide, n'ose même pas le regarder tant il l'impressionne et le dégoûte même. C'est terrible de se dire qu'on est dégoûté par quelqu'un.
— On ne peut pas vous donner de renseignements, c'est confidentiel, dit-il sèchement.

— Mais, il s'agit de ma mère ! Cette lettre a été écrite il y a 18 ans et je la reçois seulement maintenant.
Voyant sa fille s'emporter dans un énervement qui ne lui est pas coutumier, Marie pose sa main sur son épaule pour la calmer. Elle a l'impression qu'elle va déraper.
— C'est ma mère qui l'a écrite, vous comprenez. Ensuite, elle m'a laissée à l'orphelinat. Je ne savais rien de ma mère et voilà que j'ai une trace d'elle. Laissez-moi une chance de reconstituer le puzzle de ma vie !
Malgré l'air suppliant d'Anaëlle, le préposé de l'accueil reste imperturbable. Avec un regard froid et une voix qui vous glacerait un verre d'eau, il répond :
— C'est confidentiel, c'est le règlement. C'est la règle d'or de notre entreprise. C'est ce qui fait notre réputation. Ici, on ne révèle rien sur nos clients !
— Mais c'était il y a 18 ans, il y a prescription. Cette lettre vous deviez bien l'avoir gardée quelque part.
Rien n'y fait. L'homme est bloqué sur ses principes. Aucune humanité ne ressort de ce « personnage ». Il aurait dû être curieux de savoir pourquoi une lettre était restée dans leur service aussi longtemps. Il s'en fichait royalement.
Anaëlle a les larmes aux yeux mais l'homme ne bronche toujours pas.
Anaëlle et ses parents sortent complètement effondrés. Ils n'ont pas remarqué l'assistante du bureau d'à côté qui n'avait rien raté de la scène. Elle sort aussitôt derrière eux, faisant croire qu'elle prenait une pause et les suit un peu dans la rue, à l'écart du regard de son collègue.
— Mademoiselle ! Mademoiselle ! Excusez-moi, j'ai tout écouté. Pouvez-vous me montrer votre lettre ?
Anaëlle s'exécute en regardant l'assistante avec espoir.
— Oui, c'est bien ça, je la reconnais : du papier froissé, une enveloppe de récupération. Ce n'est pas tous les jours qu'on vous donne un pli à ne distribuer que 18 ans plus tard. C'est moi qui ai accueilli cette jeune fille. Elle avait l'air triste et pleine de remords, paumée… Sa lettre, je l'ai gardée dans mon tiroir jusqu'à la date demandée. J'ai toujours

voulu l'ouvrir mais je ne l'ai pas fait. Je n'avais rien dit à mes supérieurs. Mon collègue vous a répondu que c'était le règlement mais en fait il n'était pas au courant. J'avais peur qu'il me dise de détruire la lettre, que cette fille était folle. En plus, elle ne m'avait pas donné assez d'argent pour la course et j'aurais dû refuser. Mais j'ai senti que c'était important pour elle. Elle avait l'air tellement perdue.
— Comment était-elle ?
— Fatiguée, jeune, très jeune, pas très grande, blonde je crois, les yeux bleus, assez jolie malgré ses traits tirés.
— Et son nom ?
— Malheureusement, je ne peux pas vous le dire. Elle ne me l'a pas donné. Si les clients veulent conserver l'anonymat, on ne leur demande rien.
— Même pas un prénom ?
— Non, rien, je suis désolée.
— Vous a-t-elle dit ce qu'elle allait faire après ?
— Non, je n'ai pas posé de questions.
— Quel jour c'était ?
— C'était le 16 juillet, je crois. C'est tout ce que je peux vous dire.
— Merci beaucoup Madame. J'espère que vous n'aurez pas d'ennuis à cause de nous.
— Moi aussi, je l'espère, mais, tant pis, je suis tellement heureuse d'avoir exécuté et surtout réussi ma mission. Au revoir et bonne chance dans vos recherches.

Anaëlle était heureuse d'avoir rencontré cette femme mais n'aurait pas aimé être à sa place : travailler avec un type pareil... Pourvu qu'il ne lui pose pas de questions. Il n'était pas au courant de cet envoi et va sûrement vouloir en savoir plus.
Mais Anaëlle revient vite à ses propres préoccupations.
— Maman, il faut que je cherche dans cette ville. J'ai le sentiment que c'est ici que je trouverai une réponse.
Anaëlle et Marie décident donc de rester dans la ville et de prendre une chambre à l'hôtel pour quelques jours.

VI

Franck rentre à la maison avec Charline en se posant beaucoup de questions : quel est cet homme qui n'a pas remarqué que sa petite copine était enceinte ? Elle a disparu tout à coup, et lui, il ne fait rien… Encore un abruti ! se dit-il.
Il se demande également ce que va faire Anaëlle si elle ne retrouve pas sa mère, ni même son nom. Avant, elle avait toujours vécu sans souci, juste quelques questions. Mais maintenant qu'elle avait grandi, qu'elle devenait adulte, elle voulait en savoir plus et peut-être qu'elle allait leur échapper. Et si elle retrouve sa mère, que va-t-elle faire ? Pas facile de partager sa fille avec d'autres parents ! Dans les deux cas, Franck était inquiet pour l'équilibre de la famille.

Charline aussi se pose des questions.
Anaëlle va-t-elle continuer à la considérer comme sa sœur si elle retrouve ses parents biologiques ?

Bref, ça tourne en rond dans leurs têtes à tous les deux et aucun n'ose adresser la parole à l'autre.

Bien sûr, Anaëlle savait que ce n'était pas Franck qui l'avait adoptée avec Marie. Une maman, deux papas adoptifs, c'était son histoire. Et maintenant, voilà que ressurgissaient les âmes du passé avec un vrai papa et une vraie maman. Mais ça veut dire quoi « vrai » ? Quel est le plus fort ? Le lien du sang ou le lien du cœur ? Pas facile, tout à coup, quand on a la réalité en face.

VII

À l’hôtel, la lueur du soleil levant éclaire le visage d’Anaëlle. On entend le vent qui souffle par la fenêtre ouverte. Marie, qui est réveillée déjà depuis un petit moment, observe sa fille et remercie le Ciel de la lui avoir envoyée. Mais, en même temps, elle a peur, peur de la voir s’envoler. Comme toute mère qui voit ses enfants grandir et bientôt lui échapper. Encore plus aujourd’hui car Anaëlle recherche maintenant une nouvelle identité. Marie a peur de perdre sa fille et sa place de mère.
Le soleil finit par réveiller Anaëlle qui découvre sa mère la regardant une larme au coin de l’œil.
Sans poser de question, Anaëlle se blottit dans les bras de sa mère comme lorsqu’elle était petite et toutes les deux, elles se laissent aller à lâcher leurs larmes. Sans un mot, elles se comprenaient.

* * *

Il fallait y aller. Le petit déjeuner était servi dans la salle à manger de l’hôtel.
Elles n'ont pas l'habitude de manger des petits déjeuners aussi copieux : boissons chaudes, jus de fruit à volonté, viennoiseries, gâteaux divers, charcuterie, fromage...

C'est rassasiées qu'elles partent vers le journal local.

En chemin, Anaëlle aperçoit une jeune femme qui allaite son bébé sur un banc. Un peu gênée, d'abord, elle détourne le regard, puis, ensuite, comme poussée irrésistiblement, elle va s'asseoir près d'elle et la regarde attendrie, comme si elle regardait la vie. La jeune femme lui sourit.
— Ça fait mal ? demande Anaëlle.
— Oh non, c'est génial, pouvoir nourrir son enfant, y'a rien de plus beau. Et c'est tellement plus simple et plus naturel.
Anaëlle ne répond rien mais elle se sent bizarre. Qu'aurait-elle pu dire ? Elle n'y connaissait rien à ces choses-là. C'était la première fois qu'elle voyait une femme allaiter son bébé. Il n'y avait pas non plus de bébé dans sa famille proche. Elle reste un petit moment à regarder la maman et le bébé puis se décide à partir :
— Au revoir.
— Au revoir et bonne journée, répond la jeune femme, vous verrez, c'est bien.

Anaëlle rejoint Marie qui était restée un peu en retrait pour ne pas troubler cet instant.
— Maman, tu crois que ma mère m'a allaitée ?
— Je suppose. Elle n'avait pas d'argent, elle était seule, elle n'avait pas d'autre solution pour te nourrir.
— Génial ! Elle l'a fait parce qu'elle était obligée !
— Elle n'avait pas le choix pour te garder un peu avec elle. Elle aurait pu t'abandonner tout de suite et puis, dans la lettre, on voit bien qu'elle t'aimait.
— Il faut que je sache qui elle est, si elle a encore de la famille. J'ai peut-être des grands-parents, des frères, des sœurs…

* * *

Elles sont restées plusieurs jours. Anaëlle a épluché les archives de tous les journaux locaux aidée de sa mère. Rien. Sauf, toujours les mêmes faits divers, avec toujours des histoires insolites parfois. Mais

jamais la moindre piste pour sa mère.
Mais comment est-ce possible ? Si elle s'est suicidée, il y a forcément une trace quelque part. Et ses parents, ils auraient dû signaler sa disparition. Anaëlle est perdue et tellement déçue…

Elles décident de rentrer. Il n'y a plus rien à espérer de ce côté-là.

VIII

Un peu découragée, Anaëlle est partie en vacances avec ses parents et sa sœur. Ils ont loué une maison au bord de la mer. Ce genre de maison minuscule mais qu'on trouve géniale parce qu'il y a tout ce qu'il faut dans un minimum de place. Et puis, on n'est pas encombré par ses souvenirs.
Le planning des vacances est prévu d'avance : réveil tranquille, quand on en a envie ; l'après-midi, plage ; quelques sorties au marché. D'habitude, à ceci s'ajoutaient quelques sorties et visites mais cette année la famille n'a pas envie de se casser la tête. Juste décompresser et prendre son temps.
Enfin, décompresser… pour Anaëlle, c'est un bien grand mot. Elle n'y parvenait pas. Elle essayait pourtant.

* * *

Sur la plage, elle aime bien observer les gens. Elle apporte toujours un livre mais, bien souvent, elle ne l'ouvre pas.
Aujourd'hui, elle regarde les enfants qui jouent avec le sable, un papa qui fait un superbe château avec ses deux garçons, deux ados qui jouent aux raquettes et d'autres qui font les fous dans l'eau, un garçon qui éclabousse sa sœur en sortant de l'eau ; évidemment, la sœur n'est pas contente.
Elle aime bien aussi se laisser porter par le bruit du va-et-vient des vagues.

Un autre après-midi, Anaëlle regarde une maman avec son bébé. La maman avait pris toutes les précautions : parasol, chapeau, lunettes de soleil, T-shirt. Le bébé joue joyeusement avec le sable. Il essaie de l'attraper mais le sable lui glisse entre les doigts. Alors ça l'agace, il s'énerve et bien sûr, ce qui devait arriver, arrive, il se met à pleurer.
C'était sans compter sur maman qui veille. Un gros câlin, des bisous, quelques chatouilles, un seau, une pelle et voilà le petit qui se remet à jouer joyeusement.

Anaëlle se demande comment sa mère à elle a pu laisser passer ça ; comment elle avait pu l'abandonner ? Pourquoi n'avait-elle pas eu envie de la voir grandir, de connaître de tels moments de bonheur ? Comment avait-elle pu laisser ce bonheur à une autre femme, à une autre famille ?
Et puis zut, tout à coup, Anaëlle en a assez de se poser toutes ces questions qui, de toute façon, n'auront jamais de réponse puisqu'elle ne retrouvera jamais sa mère. Elle ouvre son livre et se plonge dans une autre histoire.

* * *

— Anaëlle ! Anaëlle !
… silence…
— Anaëlle ! Et ho ! dans quel monde es-tu ? Dans tes rêves ?
Anaëlle se retourne enfin et voit Frédéric à ses côtés. Encore perdue dans ses pensées, elle se demande tout à coup si elle ne rêve pas.
— Mais que fais-tu ici ?
— Tu m'avais dit où tu partais alors je suis venu avec mes frères. On est au camping d'à côté.
— C'est pas moi qui aurais la chance d'avoir un garçon qui fait tout ce chemin pour me retrouver ! s'étonne Charline.
Frédéric est un peu gêné par la réflexion de Charline. Il est découvert… cependant, il ne laisse rien paraître.

Marie décide d'envoyer tout le monde à l'eau, histoire de détendre l'atmosphère.
C'est Charline qui arrive la première. Avec Anaëlle et Frédéric, ils passent beaucoup de temps dans l'eau, s'amusent avec les vagues, nagent, jouent à essayer de s'attraper.
C'est épuisés que tous les trois s'allongent sur les serviettes.
Anaëlle sent le regard de Frédéric sur elle et tout à coup ressent quelque chose d'étrange. Elle est gênée. Elle réalise qu'elle est en maillot de bain et qu'il n'avait pas l'air de la regarder comme un simple copain.
Marie apporte des glaces. En voulant les attraper, les mains d'Anaëlle et de Frédéric se frôlent et Anaëlle ressent comme un frisson.
Ils s'étaient connus à la maternelle puis s'étaient perdus de vue. Ils s'étaient retrouvés au collège, puis au lycée et, depuis 2 ans, Frédéric était amoureux d'Anaëlle. Il n'a jamais osé lui dire. Il était bien trop timide pour oser dire ces choses-là à une fille. De peur de la perdre totalement, il préfère l'avoir comme amie. Il n'avait jamais vu Anaëlle en maillot de bain et, là, il la redécouvre.
Les formes arrondies, la grâce, cette peau déjà bronzée éveillent les sens de Fred qui n'a jamais touché une fille. Comment cacher ses émotions ? Fred aurait voulu ne pas être si timide, mais voilà, il n'y arrivait pas.

L'après-midi s'avance et il était déjà temps de rentrer.
Toute la famille a été invitée par Frédéric à le raccompagner à son camping où ses frères Karl et Cédric, plus âgés, l'attendaient.

Tout le monde partage un verre dans la bonne humeur. Frédéric ne peut s'empêcher de regarder Anaëlle. Il n'est pas près d'elle et ça le dérange. Il n'ose rien dire.
Karl, son frère de 21 ans, prend la parole :
— Les filles, ce soir, il y a une soirée au camping, vous voulez venir ?
Franck hésite. Après tout, il ne connaît pas ces garçons. Il les a juste croisés quelquefois dans leur village.

— Allez, dis oui papa, on n'a plus que 2 jours de vacances, s'exclame Charline en lui sautant au cou. Que veux-tu qu'il nous arrive ici. C'est pas comme si on allait dans une boîte glauque. Et, on n'a rien fait d'extraordinaire pendant ces vacances. S'il te plaît papa !
Franck regarde Marie qui, de son côté, avait remarqué le regard suppliant de Frédéric.
— D'accord, mais vous nous les ramenez à la maison que nous avons louée. Hors de question qu'elles rentrent seules. Vous allez peut-être nous prendre pour des ringards ou des vieux cons mais on tient à nos filles et, attention, Charline est mineure.
— Monsieur, vous trouvez qu'on a l'air de voyous ?
— Non, bien sûr mais j'ai été jeune moi aussi et je sais que parfois ça dérape.
Franck savait que cela ferait du bien à Anaëlle de s'amuser et d'oublier ses recherches mais il n'avait pas vu naître les flammes de l'amour.

* * *

Anaëlle n'est jamais sortie avec un garçon. Ses copines lui disaient « Tu n'as jamais embrassé un mec, mais qu'est-ce que t'attends ? » La plupart avaient déjà couché. Mais elle, elle attendait, elle attendait le prince charmant, enfin pas vraiment ; elle n'était pas naïve et savait qu'il n'existait pas. Cela ne la préoccupait pas à vrai dire. Sortir avec un garçon pour se faire larguer et souffrir comme sa copine Samantha, très peu pour elle. Et puis après on s'angoisse parce qu'on a un retard de quelques jours. Ah non, merci... Elle aimait bien discuter avec les garçons mais pour l'instant elle n'avait pas ressenti le besoin de plus. A part peut-être avec Thomas, mais ça c'était en CM2…
Tout simplement, sûrement aussi parce qu'elle n'avait pas rencontré le bon garçon ou alors parce qu'elle ne le voyait pas, peut-être était-il trop près d'elle depuis quelques années et, sans qu'elle en ait conscience, il lui empêchait de voir les autres garçons.
Maintenant, ça allait peut-être changer…

IX

21 heures. Charline est déjà prête et presse sa sœur. Sortir sans les parents, ça ne lui était jamais arrivé. Franck les accompagne jusqu'au camping. Les garçons les attendent. Frédéric est super mignon avec son pantalon noir et sa chemise blanche. Il félicite Anaëlle pour sa tenue. Elle avait mis une robe légère qui flottait dans le vent.
« Vous venez danser ! »
Pour la soirée, la salle de jeux avait été vidée des tables de ping-pong et de baby-foot. Des guirlandes avaient été accrochées sur les murs et des spots éclairaient la pièce. Le DJ était jeune (comme tous les DJ, en général...). Il était à fond. Il s'y croyait. On aurait dit qu'il se prenait pour le DJ d'une grosse boîte de nuit parisienne. C'était lui la « star ». Il comptait bien faire danser les vacanciers : « Allez tout le monde sur la piste, ce soir on va mettre le feu !!! »
Charline est ravie. Anaëlle un peu moins. Elle n'aime pas ce genre de personnage qui fait son intéressant mais qui est en fait très superficiel. Cela dit, elle aimait quand même danser et avait décidé de s'amuser.
Les voilà partis bouger sur les rythmes endiablés du DJ. Tout y passe, du dernier tube au bon vieux 45 Tours de papa. Il fallait satisfaire tout le monde.
Il y a d'autres jeunes à la soirée et ils sympathisent. Les voisins de camping de Frédéric, un groupe de 2 filles et 3 garçons, les invitent à prendre un verre.
Tout se passe bien et Anaëlle en oublie même ses soucis.
Puis vient le moment des slows. Les fauteuils se vident à côté d'eux. Charline accepte l'invitation d'un garçon assez craquant.

Frédéric, toujours aussi timide, reste assis et n'ose pas regarder Anaëlle. De quoi a-t-il peur ? Lui-même ne le sait pas vraiment, sans doute a-t-il peur qu'elle ne veuille pas danser avec lui. Il attend quoi pour se lancer ? Il ne sait pas non plus très bien, son courage sans doute, mais il cogite tellement qu'il n'a même pas vu cet homme d'environ 30 ans qui s'approche d'Anaëlle avec un air conquérant. Elle refuse son invitation. Il insiste. Elle semble perdue et regarde Frédéric. Ce courage, qui était au fond de lui mais qui ne demandait qu'une occasion pour se manifester, le fait se lever et aller en direction du couple :

— Excusez-moi Monsieur mais elle est avec moi !

Il prend la main d'Anaëlle et l'emmène sur la piste.

— Pardon, je ne voulais pas déranger… Qu'est-ce que tu foutais, t'attendais que je la foute à poil pour l'emmener, dit l'homme qui avait visiblement un peu trop bu.

— Ne faites pas attention, dit Karl, sa femme vient de le quitter.

Alors, le troisième slow commence et Frédéric se dit qu'il a perdu assez de temps. Il avait envie de serrer très fort Anaëlle dans ses bras mais il n'osait pas. Il avait peur de la perdre complètement. Alors, comme d'habitude, il ne fait rien. Ils n'ont rien fait d'autre que danser et penser… La série de slows s'est achevée et Frédéric a dû lâcher la taille d'Anaëlle qui est retournée s'asseoir. Tout cela sans même se dire un seul mot.

Karl les avait observés attendri « Hé bien, ces deux-là ils ne sont pas près de me faire tonton ».

— Je te remercie Fred. Sans toi, je ne sais pas comment j'aurais fait pour me dépatouiller de ce type.

Mais Frédéric n'avait pas dansé avec Anaëlle uniquement pour voler à son secours. Non, il avait trop envie de danser avec elle. Ça lui a juste donné le déclic pour vaincre sa timidité. Il aurait voulu la serrer très fort, la voir poser sa tête au creux de son épaule, lui faire des bisous dans le cou pour finalement l'embrasser à n'en plus finir.

Mais voilà sa timidité a encore gâché ce moment : « quel con, je suis ! » pense-t-il avec regrets.

Cédric, son frère aîné, 22 ans, lui reprochait toujours d'être trop romantique : « Avec les nanas, il faut y aller franco, il faut les brusquer, leur faire du rentre-dedans, elles aiment ça, les mecs sûrs d'eux, elles veulent du sexe, du vrai ».
Oui, mais voilà, Cédric, qui collectionne les conquêtes, n'a jamais réussi à sortir avec une fille plus de deux mois. Alors, comme exemple !
Frédéric, lui, il rêve d'autre chose. Karl lui parle rarement de ces choses-là. Il vient de quitter sa petite amie et a du mal à s'en remettre. Ils étaient ensemble depuis deux ans et ils avaient même parlé mariage.

La soirée bat son plein. « Quand la musique est bonne… » Anaëlle et Charline sont ravies. Elles s'amusent comme des folles. Charline a même un peu flirté : « Tu le diras pas à papa hein ? »

Vient une autre série de slow. Anaëlle cherche Frédéric mais elle ne le voit pas. Il est sorti un instant car il avait trop chaud. Quand il entend les slows, il rentre mais il est trop tard… Un des garçons du groupe a déjà invité Anaëlle. Le trouvant sympa, elle avait accepté de danser avec lui et, en plus, elle adorait la chanson.
Il lui parle, lui parle, la saoule... Elle n'arrive pas à profiter de la chanson. Il n'arrête pas : « tu fais quoi ? t'habites où ? t'as ton permis, t'as une voiture ? etc., etc. Elle répond n'importe quoi. De toute façon il n'a pas l'air d'écouter. Elle s'invente une vie. Elle a 20 ans, elle est étudiante en médecine et habite à Marseille. « Tu n'as pas d'accent !
– Normal, avant j'étais à Paris. Mon père a gagné plein de tuns alors on a acheté une villa à Marseille ». Puis tout à coup, elle sent les mains du garçon qui la serrent un peu plus, qui se promènent dans le bas de ses hanches en faisant de légères pressions et voilà qu'il lui mordille l'oreille. Ah, non, là c'en est trop !
Anaëlle s'échappe des bras trop pressants et s'enfuit dehors, laissant le garçon au milieu de la piste, comme un idiot. Il n'a rien compris le pauvre. Tant pis pour lui, il ira chasser ailleurs…

Anaëlle retrouve Frédéric qui avait préféré ressortir pour ne pas la voir dans les bras d'un autre. Après tout, ils ne sont pas ensemble et elle faisait ce qu'elle voulait.
Anaëlle est furieuse :
— Non, mais tu l'as vu ce type, pour qui il se prend ? Sous prétexte que je discute avec lui, il croit qu'il peut m'avoir comme ça. En plus il m'a fait mal. Heureusement que toi tu n'es pas comme ça, avec toi, je suis en confiance. Tu es un véritable ami.
« Un véritable ami », Frédéric aimerait être plus qu'un ami, même « véritable » Pourra-t-il s'en contenter ? Il se dit qu'il n'y avait aucune chance qu'Anaëlle soit amoureuse de lui. S'il tente quelque chose, peut-être qu'il la perdra. Alors, il préfère rester son « véritable ami ».
— Tu n'as pas soif ? demande-t-il pour masquer son émotion. Si nous allions boire un verre.
— Fred, il faut que je te parle de quelque chose.
Une lueur d'espoir traverse l'esprit de Frédéric qui, malheureusement, ne va pas entendre ce qu'il espère.
Anaëlle se met à tout raconter : la lettre, ses recherches, ses angoisses. Elle ne lui en avait jamais parlé. Ils s'étaient peu vus depuis son anniversaire.
— Qu'est-ce que tu comptes faire ?
— Je ne sais pas, je ne sais plus où j'en suis. Que veux-tu que je fasse ? Je n'ai aucun moyen de la retrouver. J'aurais préféré ne jamais recevoir cette lettre. Maintenant, j'ai envie de savoir d'où je viens, qui je suis.
— Tu es Anaëlle ma meilleure amie.
— Merci, t'es vraiment un mec super. Elle l'enlace et lui fait un bisou ; bisou d'amitié bien sûr…

Les danseurs quittent la salle. Une chenille est improvisée et les deux jeunes se trouvent embarqués sans pouvoir réagir.
La soirée se termine et comme prévu, les trois garçons raccompagnent Anaëlle et Charline. Cette dernière est tout émoustillée : « On a trois gardes du corps. On ne risque rien ! »

Déjà, ils sont arrivés. Charline ouvre la porte. Après avoir embrassé les trois garçons, elle entre dans la maison. « Anaëlle, tu viens ? »
Karl et Cédric reprennent en cœur : « elle arrive ! »
Ils avaient remarqué que Frédéric venait de prendre la main de la jeune fille et ils avaient commencé à s'éloigner pour les laisser seuls.
Frédéric et Anaëlle sont restés devant la porte main dans la main. Elle n'a pas compris ce qui lui arrivait. Elle n'a pas vraiment remarqué le geste de Frédéric et n'a rien fait pour lui échapper. Comme si elle avait toujours voulu cela mais sans l'admettre. Elle ressent des choses dans tout son corps. Que se passe-t-il ? Elle se rend compte que Frédéric lui enlace la taille et se surprend à faire de même. Elle sent son odeur. Il a mis un parfum agréable. Ils se regardent droit dans les yeux.
Mais un bruit vient brusquement casser ce moment magique. Marie s'est levée. Elle est venue devant la porte. Elle a vu les amoureux, n'a pas voulu les déranger mais c'était trop tard….
Frédéric a retrouvé sa timidité et a enlevé ses mains qui entouraient Anaëlle, laquelle s'est tout à coup trouvée gênée. Surtout parce que sa mère les avait vus. Elle fait un bisou sur la joue de Frédéric et rentre à la maison sans rien dire.
Frédéric est resté tout penaud devant la porte. Encore raté… Enfin, pas tout à fait…
La graine était semée. Mais allait-elle germer ?

X

Les vacances à la mer sont terminées et il est temps de charger la voiture pour repartir. Frédéric et Anaëlle ne se sont pas revus.
Marie sent à nouveau sa fille mélancolique. Elle sait bien ce qui la travaille. Elle la sent nerveuse. Alors elle lui dit d'y aller.
— Mais aller où ? demande Anaëlle.
— Eh bien, lui dire au revoir, tu as trois heures devant toi. Je vais finir de rassembler tes affaires. Ne t'inquiète pas.

Aussitôt, Anaëlle part sans se faire prier.
Dès qu'elle n'est plus dans le champ de vision de ses parents, c'est en courant qu'elle va jusqu'au camping. Sans doute n'a-t-elle jamais couru aussi vite. Son prof de sport aurait été fier d'elle.
Mais, malheureusement, il n'y a personne à l'emplacement. Près de la caravane d'à côté, un vieux monsieur semble absorbé par son journal. Pourtant, elle ne va pas attendre bien longtemps avant de lui demander s'il a vu les garçons : « À cette heure-là, ils sont encore à la plage. Qui sait à quelle heure ils vont rentrer ! À cet âge-là ça drague dur ! »
Il n'en faut pas plus pour refroidir Anaëlle. Elle décide de s'en aller quand elle entend courir derrière elle. Elle se retourne. C'est Frédéric.
— Je pars tout à l'heure. Nous rentrons chez nous, dit-elle.
— Nous aurions pu passer plus de temps ensemble.
— J'ai trois heures devant moi.
— Alors viens je t'offre une glace. Tu fais quoi à la rentrée ?
— Je me suis inscrite à la Fac et toi ?
— Je suis pris en BTS. Par contre, je serai interne.

— On pourra peut-être se voir le week-end.
— Oui.

Ils commencent à manger leurs glaces et le silence s'installe. Pourtant, ce silence n'est pas pesant. Chacun regarde l'autre en savourant ces moments partagés ensemble. Comme s'ils n'avaient pas besoin de se parler pour se comprendre.
Ils sont si bien dans leur monde qu'ils n'entendent pas Karl arriver. Pourtant, il n'a pris aucune précaution pour être discret.
— Tiens salut Anaëlle. Fred, on se demandait où tu étais passé. On mange en ville ce soir, tu veux venir Anaëlle ?
C'est Frédéric qui répond :
— Non elle repart. Je vais me débrouiller ce soir, allez-y sans moi.
Karl a compris que son frère voulait rester avec Anaëlle.
— Très bien, j'ai compris mais prenez vos précautions, dit-il avec un air coquin.
Frédéric savait ce que son frère voulait dire mais ils n'en étaient pas encore là. Ils ne s'étaient même pas encore embrassés.
Une fois de plus, Anaëlle s'est sentie gênée.
— Tu peux y aller, ne te prive pas de ça à cause de moi. Je dois rentrer faire mes bagages de toute façon.
Et elle commence à partir.
Frédéric lui attrape le bras :
— Attends reste, j'ai besoin de te voir encore. J'en ai rien à faire de leur sortie. Ils vont aller avec les jeunes d'à côté. Je vais m'ennuyer, je préfère être avec toi.
Anaëlle a laissé Frédéric lui prendre les mains et, de nouveau, elle a ressenti des choses bizarres. Était-elle vraiment amoureuse de celui qu'elle n'avait jusqu'alors considéré que comme un bon copain ? Comment cela était-il possible ?
— Viens, on va faire un tour sur la plage !
Les voilà partis main dans la main, les pieds dans l'eau.
La plage se déserte, les familles sont parties. Il ne reste plus que les jeunes et les « vieux ».

— Si on allait s'asseoir sur les rochers là-bas, regarde, on pourrait être bien.
Frédéric est fier de montrer cet endroit à Anaëlle. Quand il n'y a personne, il aime bien s'y installer et regarder la mer, observer l'écume qui se forme sur les rochers. Il laisse Anaëlle s'asseoir mais, lui, reste debout.
— Tu ne t'assois pas ?
— Attends, ferme les yeux, dit-il.
Anaëlle ne sait pas où il veut en venir mais elle lui fait totalement confiance et se dit que, si c'est un jeu, ça peut être drôle.
— Ça y est, et maintenant, il se passe quoi ?
— Rien, écoute, tu entends quoi ?
— Le bruit de la mer, les vagues qui s'écrasent ; il y en a qui sont plus fortes que d'autres, elles font plus de bruit ; il y a des enfants qui jouent au loin, des gens qui rigolent.
En réalité, Frédéric n'écoute pas vraiment ce qu'elle dit. Il la regarde. Elle avait remis la jolie robe légère et assez courte de la soirée au camping. Le vent malicieux soulève de temps en temps le tissu et laisse apparaître un peu plus les jambes d'Anaëlle. Qu'elle est belle ! Frédéric ne se lasse pas de la regarder, qu'il aurait aimé oser toucher cette peau bien bronzée. Peut-être qu'elle n'attend que cela après tout, peut-être… mais comment en être sûr ? Il entendait son frère Cédric « Vas-y, fonce ! ».
— Fred, ça va ? Qu'est-ce qui se passe ?
Frédéric était parti ailleurs, dans ses rêves secrets et inavouables.
— Excuse-moi, je me suis laissé emporter par l'ambiance.
— Sympa, pour moi !!! En fait, tu m'abandonnes.
— Non, excuse-moi. Viens, on va marcher au bord de l'eau.

Ils parlent. Ils parlent encore et encore, et toujours. Ils ne se rendent même pas compte que l'eau vient mouiller le bas de leurs vêtements, comme si les sensations des vagues à l'intérieur d'eux-mêmes effaçaient les vagues de la mer.

Ils parlent mais surtout pas de ce qui leur arrive. Ils se tiennent la main mais font comme si de rien n'était. Tout à coup, ils avaient retrouvé toute la timidité de leur enfance. Comme s'ils avaient peur de tout gâcher.

Il est temps de rentrer. D'autant plus que la mer monte et qu'ils ont failli se retrouver prisonniers entre les rochers.

— Tu imagines, si on n'avait pas pu sortir. On serait restés prisonniers jusqu'à ce que la marée redescende.

— Je ne suis pas sûre de trouver ça drôle ! répond Anaëlle.

Frédéric raccompagne Anaëlle jusqu'à la maison de location.

En arrivant, Anaëlle trébuche et tombe littéralement dans les bras de Frédéric qui perd l'équilibre et tombe à son tour. Les voilà à terre tous les deux, leurs lèvres sont proches et ils semblent prêts à s'embrasser. Leurs regards se croisent. Ils sont dans leur monde et rien ne semble pouvoir les déranger.

Mais malheureusement, ce ne sera pas le cas !

— Anaëlle, on part !

C'est Charline qui apparaît et qui n'avait rien vu. Elle a commencé à parler avant de les voir à terre. D'ailleurs elle pensait qu'Anaëlle était déjà rentrée depuis longtemps.

Elle ne peut s'empêcher d'éclater de rire :

— Mais qu'est-ce que vous faites ? Ça va pas, tout le monde vous voit.

— Mais rien, on est tombés, dit Anaëlle en se relevant.

Le moment de grâce est parti. Voilà, encore raté ! Décidément, ces deux-là ils n'y arriveront jamais.

Le destin s'acharne.

Ce n'est peut-être tout simplement pas encore le bon moment…

XI

Anaëlle est rentrée chez elle.
Ses pensées sont partagées entre sa mère et Frédéric resté si loin à la mer.
Ils se sont téléphoné au retour de Frédéric et se sont vus à leur café habituel.
La magie des vacances avait semble-t-il disparu. Étaient-ils redevenus seulement des copains ? Peut-on rester amis si on est amoureux ?
« Laisse faire le temps. Il faut laisser le destin agir, si des choses sont écrites, elles finiront par se passer » disait Charline. Mais qu'est-ce qu'elle en savait, elle, elle n'avait que 13 ans.

* * *

De son côté, Frédéric avait peur. Il n'était vraiment pas hardi comme garçon, c'est le moins qu'on puisse dire. Mais il avait beaucoup de qualités humaines qui ne demandaient qu'à s'exprimer. Il se disait qu'un jour, il aurait plus de courage. Il attendait quoi ? On se le demande. Mais pour l'instant, il ne voulait pas forcer le destin. Il a eu un copain qui avait franchi le cap avec sa meilleure amie. Ils étaient restés ensemble quelque mois et puis après plus rien. Ils avaient cessé complètement de se voir. L'amitié peut-elle survivre à l'amour ? L'amour tue-t-il l'amitié ? Il préférait garder Anaëlle comme amie plutôt que risquer de la perdre totalement. Avait-il raison ? Peut-on savoir ? Ses frères lui disaient qu'il avait tort, qu'en fait il se torturait inutilement, qu'il faut bien qu'un jour l'amour se vive, même s'il doit

mourir… qu'il valait peut-être mieux vivre quelques années heureux en couple plutôt que d'espérer toute sa vie quelque chose qui ne viendra jamais si on ne lui donne pas un petit coup de pouce.
Il ne savait plus quoi penser. Il préférait garder un peu de distance et laisser faire les choses. Peut-être qu'Anaëlle prendrait elle-même l'initiative.

* * *

Les jours ont passé. C'est déjà la rentrée qui se profile à l'horizon. Pour Charline, le collège devient une routine. Elle sait qu'elle va y retrouver ses amis. Mais pour Anaëlle c'est autre chose ; tout sera différent. Elle ne sera plus chez ses parents, elle sera seule dans une chambre à la Cité universitaire. Elle devra se débrouiller et apprendre à connaître la ville dans laquelle elle va aller, les gens qui seront avec elle, peut-être de nouveaux amis, elle l'espère. La Fac, ce sera forcément différent du lycée.
Même si elle pense à ses études et à sa nouvelle organisation, Anaëlle ne peut oublier ses vacances riches en émotions.
L'apparition de l'image d'une mère. L'espoir de savoir qui elle était puis la désillusion.
La naissance d'un sentiment amoureux puis plus rien. Comme si Frédéric ne voulait plus d'elle. Il ne l'a pas recontactée. Elle a été déçue. Elle ne sait plus d'ailleurs ce dont elle a réellement envie.
Alors, raz le bol. Elle a envie de crier « Fichez-moi la paix ! Laissez-moi vivre mes rêves ! Laissez-moi m'enfermer dans ma bulle ! ».

* * *

À la Fac, les premières semaines sont dures.
Elle n'est bien sûr pas habituée aux cours en amphi. Qu'elles sont dures parfois à monter les marches pour aller tout en haut.
Elle regrette le système rassurant du lycée avec une classe d'une trentaine d'élèves et un professeur qui les connaît. Ici les profs s'en

fichent un peu si on les écoute ou pas, enfin certains. Heureusement, il y a les TD et les TP en petits groupes ; là elle retrouve un peu l'ambiance de travail d'avant.

Elle ne connaît personne et elle a bien du mal à se lier aux autres, elle qui pourtant était si sociable avant. Elle a vraiment du mal à se mettre à travailler. D'autant plus qu'elle est seule dans sa chambre d'étudiante. Ses amies sont toutes dans d'autres villes et elle se sent perdue. Le soir, elle doit se préparer à manger et étudier ses cours. Elle se surprend à éviter le contact des autres étudiants des chambres d'à côté. Dès qu'elle rentre, elle s'enferme et ne sort surtout pas quand elle entend du bruit dans le couloir. Elle en arrive même parfois à avoir peur qu'on frappe à sa porte.

Mais c'est lorsqu'elle se sent le plus anéantie qu'elle reprend courage. Comme s'il fallait toucher le fond pour pouvoir rebondir. Un peu comme sur un trampoline : tant qu'on n'a pas touché la toile élastique, on ne peut pas « s'envoler ». Il faut s'accrocher et elle s'accroche Anaëlle. Sa nature sociable reprend le dessus. Finalement, elle commence à reconnaître certains autres étudiants et se tourne vers eux pour nouer des contacts. Au fond d'elle, Anaëlle est volontaire et cette qualité reprend le dessus.

* * *

Pour gagner un peu d'argent, elle répond à une annonce : « *cherche étudiant pour aider mon fils à faire ses devoirs. Il est en 6ème.* » En 6ème, ça ne devrait pas être trop compliqué.

C'est à quelques rues de la Cité universitaire ; elle y va à pied. Elle passe devant le magasin de bonbons en vrac ; les odeurs de sucre, de fruits et d'arômes divers mélangées sont presque insupportables. Ensuite, il y a une parfumerie puis un peu plus loin la boulangerie. Décidément, cette rue devrait s'appeler la rue des odeurs ou bien la rue des senteurs, oui, la rue des senteurs c'est mieux.

Elle est arrivée. C'est une grande maison bourgeoise sur trois étages. Elle espère être à la hauteur. Un peu fébrilement, elle sonne à la porte. La maman, tirée à quatre épingles – comme toute la maison d'ailleurs – l'accueille et l'emmène directement dans un bureau où l'attend déjà son élève : Nicolas, pas très grand pour son âge, les cheveux en pagaille ; ses yeux marron lancent un regard qui en dit long sur sa motivation, ou plutôt sur sa non-motivation.

Anaëlle s'attendait à avoir au préalable une discussion avec la maman mais, non, celle-ci la laisse aussitôt avec le jeune garçon :

— Voilà, Mademoiselle, je vous laisse avec notre fils, tâchez d'en faire quelque chose !

— Anaëlle, appelez-moi Anaëlle.

— Laissez-nous maman, nous devons travailler !

« Quoi, le fils vouvoie sa mère, mais dans quelle famille je suis tombée là ». Anaëlle se sent encore moins à l'aise. Déjà, la maison et l'aménagement intérieur très strict, trop parfait, étaient à mille lieues de sa maison familiale mais le vouvoiement c'était encore pire que ce qu'elle imaginait. D'ailleurs, elle pensait que ça n'existait plus, que c'était d'une autre époque. Mais il ne fallait pas oublier pourquoi elle était là. Elle ne se pose pas de question et tutoie d'emblée Nicolas :

— Nicolas, fais-moi voir tes cours. On va tout de suite regarder ce que tu as à faire pour demain.

— C'est bon ! on va pas déjà commencer à se prendre la tête ! J'ai rien à faire pour demain de toute façon. Ces cours, c'est une invention de ma mère pour me faire chier. J'en ai pas besoin. Je me débrouille très bien tout seul !

— Ça commence bien ! Tu crois que ça m'amuse moi. Je fais ça pour aider mes parents à payer mes études et j'aimerais autant que ça se passe bien. Je ne suis pas là pour t'embêter mais pour que tu progresses. C'est quoi ton problème ? Je ne suis pas une prof de ton collège. C'est mon premier boulot et j'aimerais bien être payée, alors mets-y du tien !

— Ben dis-donc, t'as de la répartie toi. Elle te donne combien ma mère, je te donne le double pour que tu me fiches la paix !

— Certainement pas ! Tu ne vas pas m'acheter ! Je compte bien gagner mon argent honnêtement. Si tu crois que tu me fais peur, tu te trompes ! Si tu bosses, tu verras, tu y arriveras !
— C'est bien ça le problème, faut bosser. Moi, j'ai autre chose à faire.
— Ah bon, et quoi par exemple, jouer sur ta console ? Et tu crois quoi, ceux qui les inventent les jeux, ils bossent. Ça vient pas tout seul, rien ne vient tout seul.
— Mais, mon avenir, il est déjà tout tracé. J'aurai même pas besoin de travailler pour gagner de la tune, je ferai travailler les autres dans l'usine de mon père. Tu sais qui c'est mon père : le patron de la plus grosse usine de la région. Tout le monde est à ses pieds.
Anaëlle est un peu déstabilisée mais ne laisse rien paraître :
— Bravo, belle ambition ! Et tu seras fier de toi avec ça ? Tu n'as pas envie de faire autre chose ? Tu n'as pas d'autre projet que de « faire comme papa » ? Ça n'existe pas des boulots où on n'a pas besoin de travailler. Ça m'étonnerait que ton père, il ne bosse pas. Et crois-moi, si tu y arrives, tu seras fier d'avoir réussi par toi-même !
Anaëlle n'en revenait pas d'avoir débité toutes ces paroles. Elle était même arrivée à se convaincre elle-même. En fait, elle ne supportait pas ce gamin, qui avait tout ce qu'il lui fallait et qui se laissait vivre sans faire le moindre effort. Lamentable.
Le garçon n'en revenait pas non plus, personne ne lui avait jamais parlé comme ça. Personne n'osait d'ailleurs. Ils avaient tous la trouille de ce « fils de » ; même les professeurs n'osaient rien lui dire.
— J'ai l'impression que tu vas pas me lâcher. Finalement, j'aime assez ça : les filles qui ont du caractère, les gens qui me résistent.
— Attention, faut être réglo avec moi, OK ?
— OK ! alors on commence par quoi ?
Ça y est, Anaëlle avait réussi à s'imposer. Nicolas n'était pas mauvais élève en fait. Il fallait juste le booster un peu et lui redonner l'envie.
Elle allait le voir deux soirs par semaine. Il aimait bien les sciences naturelles. Elle aussi. Elle extrapolait un peu les cours et lui parlait de choses qui n'étaient pas dans le programme de 6ème mais du moment qu'elle lui apprenait quelque chose, c'était toujours ça de positif.

Finalement, cela ne lui déplaisait pas de transmettre son savoir. Elle avait la patience. Il faudra qu'elle réfléchisse. Finalement, prof c'est peut-être pas si mal comme métier !

Une fois, elle avait rencontré le père de Nicolas, celui qui « a tout le monde à ses pieds ». Pas impressionnée pour deux sous, Anaëlle ! Elle n'avait pas peur de lui. De toute façon, à part lui rendre des comptes sur l'aide qu'elle apportait à Nicolas, elle ne lui devait rien d'autre. C'était un homme comme les autres. Un peu plus riche, sans doute, mais bon, personne n'est parfait…

* * *

Un soir, en rentrant de chez Nicolas, elle voit une petite fille accrocher des affiches pour rechercher son chien. Elle ne peut s'empêcher de lui parler : Pourquoi tu mets des affiches ? Personne ne l'a vu ton chien ! Anaëlle ne s'est pas rendu compte à quel point elle avait été dure en disant ces mots. La petite fille part en pleurant après lui avoir lancé un regard qui en disait long.
Anaëlle réalise alors sa méchanceté gratuite mais c'était trop tard. Elle s'en veut à mort. Elle est en colère contre elle-même.

Elle se sentait bien et voilà qu'elle avait anéanti les espoirs d'une petite fille. Était-ce les démons du passé qui refaisaient surface et toutes ses recherches inutiles qui lui revenaient en mémoire avec cette affiche ? Elle s'était sentie comme agressée et avait reporté ses émotions sur une petite fille qui ne lui avait rien demandé.
C'est pas brillant…

XII

Un week-end de novembre, alors qu'elle vient de rentrer chez ses parents, Anaëlle discute avec sa sœur. Celle-ci lui dit qu'elle a vu Fred. Il ne comprend pas pourquoi Anaëlle ne l'a jamais rappelé.
— Il pouvait m'appeler lui, s'il le voulait ! répond-elle sur un ton agressif.
— Mais il l'a fait ! tu as dit que tu n'avais pas le temps et que tu allais le rappeler plus tard…
Charline avait raison. Mais Anaëlle avait oublié. Frédéric l'agace en ce moment. On dirait qu'il ne sait pas ce qu'il veut. Il donne l'impression qu'Anaëlle lui est indispensable. Puis après, on dirait qu'il la fuit.
Charline se demande si ce n'est pas l'inverse. Comme Anaëlle est distante, il ne sait plus quoi penser. Elle insiste auprès de sa sœur :
— Je crois qu'il est amoureux. Il a la trouille de te le dire.
— Amoureux qu'est-ce que tu racontes, on se connaît depuis des années !
— Justement c'est encore plus dur. Il a peur de se prendre un râteau. Tu parais tellement insaisissable en ce moment.
Anaëlle se défend mais, au fond, elle sait bien que sa sœur a raison. Que lorsqu'ils sont tout près l'un de l'autre, il se passe des choses…
— N'importe quoi, je vais chez lui !

* * *

Peut-être aussi pour fuir une discussion dérangeante avec sa sœur, Anaëlle prend le chemin de la maison des parents de Frédéric.
Les arbres ont déjà perdu leurs feuilles. L'hiver ne va pas tarder à s'installer. Bientôt les fêtes de fin d'année, les envies de cocooning... Une sensation étrange l'envahit. Elle se sent pousser des ailes tout à coup ; comme une force intérieure. Elle va à pas assurés et rapides sans ressentir aucune fatigue. Amoureux ? Vraiment ? Pourquoi se sentait-elle si légère ? Si heureuse ? Parce que sa sœur avait dit ce qu'elle voulait entendre depuis longtemps ? Était-elle amoureuse elle aussi ? Non c'est impossible, elle ne veut pas vivre ce que sa mère a vécu. Aimer et être obligée de fuir.
Es-tu sotte ! se dit-elle, la situation n'est pas du tout la même !

La voilà devant chez Frédéric. Une folle envie de faire demi-tour retient son doigt prêt à appuyer sur la sonnette. « Non, je ne peux pas arriver comme ça sans prévenir. Mais c'est pourtant toujours comme cela qu'on a fait avec Fred, pense-t-elle. On va l'un chez l'autre quand on en a envie et on est toujours bien accueilli. » Mais là, cela fait longtemps qu'ils ne se sont pas vus. Avant ils étaient super copains. Maintenant leur relation a évolué, mais évolué vers quoi ? Où vont-ils ? À quoi cela sert-il ?
Pas le temps de trouver une réponse, la porte s'ouvre sur la tête presque chauve du père de Frédéric.
— Tiens Anaëlle ça fait longtemps qu'on ne t'avait pas vue ! Qu'est-ce que tu deviens ? Comment vas-tu ? Entre.
Anaëlle s'exécute. Elle entre dans la maison et y retrouve une empreinte familière mais pourtant si lointaine. Pourquoi tout lui semble-t-il si différent aujourd'hui ?
— Tu veux boire quelque chose de chaud ? Par ce temps, ça fait du bien !
— Oui, je prendrais bien un chocolat. Fred est là ?
En posant cette question, elle espérait qu'il lui réponde non tellement elle appréhendait de le revoir.
— Malheureusement, tu l'as loupé de peu.

Anaëlle se rend compte que finalement elle est déçue de cette réponse, attristée.
Le père de Frédéric prépare le chocolat qu'Anaëlle a accepté de boire.
— Il est parti quelques jours chez son frère. Si tu veux, tu peux aller le voir là-bas. En prenant le bus, tu en as pour une demi-heure.
— Non, non, je vais rentrer…
Et voilà, Anaëlle part, laissant le père de Frédéric le bol de chocolat chaud à la main.
Sur le chemin du retour, le pas décidé de l'aller s'est envolé. Anaëlle rentre chez elle frigorifiée et triste.

Le lendemain, le téléphone sonne. Anaëlle décroche.
— C'est Fred, il paraît que tu es venue chez moi hier. Je suis déçu de ne pas t'avoir vue. Je suis chez Karl. Il s'est cassé le bras et je lui donne un coup de main (si on peut dire…). Viens si tu veux.
— Oui, oui.
Anaëlle hésite. Elle ne connaît pas bien Karl, le « grand frère », elle ne l'a vu que cet été. Mais elle se lance :
— Donne-moi l'adresse.

* * *

Anaëlle est dans le bus. Défilent les vitrines des magasins, toutes plus illuminées les unes que les autres. Au feu, elle a le temps d'observer les gens par la fenêtre. Une petite fille comme figée, en admiration devant les poupons, tient la main de sa maman. Et voilà, la mère d'Anaëlle qui ressurgit à son esprit. Je ne peux pas rester comme cela ! pense-t-elle. Il faut que je sache qui elle était, mais comment ?

Elle arrive chez Karl. Prête à sonner, elle sursaute. Frédéric, en fait, lui emboîtait le pas sans l'avoir interpellée. Il vient de lui poser la main sur l'épaule.
— J'ai été faire des courses. Tu restes manger avec nous ?
— Je ne sais pas, mes parents vont s'inquiéter.

— Tu peux leur téléphoner. Et puis ça m'arrangerait, je suis nul et j'aurais bien besoin d'un coup de main pour faire un repas correct.
— Ah d'accord ! Tu m'invites mais en fait c'est pour me faire travailler, belle mentalité !!!! dit-elle avec un large sourire.
Tous les deux éclatent de rire. La glace est rompue, la bonne humeur est là et les deux amis se retrouvent enfin, comme avant…
Ils s'affairent en cuisine tandis que Karl leur donne des conseils.
Après le repas, tous les trois se retrouvent sur le canapé à regarder un film. À peine des regards complices échangés.
La soirée se passe ainsi, tout naturellement, entre copains.

Anaëlle rentre chez elle avec le dernier bus de soirée. Devant elle, deux amoureux s'enlacent et s'embrassent. Elle ne sait plus que penser. Tout se mélange dans sa tête. Pourquoi les relations entre les humains sont-elles si compliquées ? Pourquoi ne pas simplement vivre les choses ? Pourquoi on n'ose jamais dire à quelqu'un qu'on l'aime ? ou qu'on le déteste, qu'on le trouve beau, qu'on le trouve moche ? Pourquoi, pourquoi ?? Pourquoi est-on obligé d'abandonner un enfant ? Et zut ! la vie continue…

* * *

Le week-end est terminé. Anaëlle doit repartir dans sa petite chambre de la Cité U et reprendre son quotidien d'étudiante. Elle va retourner en cours et revoir Nicolas qui, malgré la réticence du début, semble finalement prendre goût à ses visites. Contrairement au premier jour de leur rencontre, maintenant, elle l'aime bien ce garçon. Devant les autres, il joue le rebelle, celui qui se fout de tout. Mais en réalité c'est parce qu'il se sent rejeté, parce qu'il est un « connard de fils de riche » ; alors il cherche n'importe quoi pour se faire accepter des autres, de ceux qui traînent au fond de la classe et qui perturbent tous les cours, bref, de ceux qui sont populaires. Anaëlle a tout de suite senti qu'au fond de lui, c'est un type bien. Il faut qu'il arrête de vouloir être quelqu'un d'autre, sinon, il ne sera jamais bien dans sa peau. Elle ne sait pas comment, mais elle a réussi à « l'apprivoiser », limite, ils sont devenus des copains. À présent, on dirait qu'il travaille pour l'impressionner. Et elle, ça lui apporte tellement ces échanges avec lui : elle se sent utile et cela lui fait vraiment du bien.

À toujours donner des conseils à Nicolas et à le pousser pour qu'il travaille et se donne un peu de mal à l'école, elle se dit que, pour être cohérente, elle se doit, elle aussi, de travailler encore plus ses cours.

* * *

Quelques semaines passent et ce sont déjà les vacances de Noël.

Le jour du réveillon, Anaëlle trouve la famille un peu morose. Pourtant, tout a l'air de bien se passer mais pour elle ce Noël est moins joyeux que d'habitude. Elle se demande si cela vient d'elle ou si vraiment ce sont les autres qui sont différents. Elle n'aura jamais la réponse.
Tonton Marcel est venu, seul comme d'habitude, mais avec ses histoires drôles.
— Qu'y a-t-il Anaëlle, je ne te fais plus rire. Toi, tu as quelque chose qui ne va pas. Je te connais bien, tu sais, comme si je t'avais vu naître.
« Si seulement ça pouvait être vrai, se dit Anaëlle. Il saurait qui est ma mère. »
— Non, tonton, ça va, juste un peu fatiguée. Tu sais la Fac c'est pas évident.
— Et surtout, Fred est parti au sport d'hiver avec sa famille et n'est pas là de toutes les vacances, s'empresse d'ajouter Charline.
— Ah, c'est donc ça. Alors ce n'est pas grave. Il reviendra.
Oui, il reviendra, sûrement. Il revient toujours.
Mais si ce n'était que cela qui tracassait Anaëlle…

XIII

Après les fêtes de fin d'année et les vacances, les cours ont repris. Dans l'amphi immense, à moitié vide – déjà beaucoup d'étudiants ont laissé tomber – Anaëlle tente d'écouter un intervenant extérieur : Blablabla, qu'est-ce qu'il raconte, celui-là. Anaëlle n'y comprend rien. Elle a la tête ailleurs, n'arrive pas à se concentrer. Elle voudrait rentrer à l'intérieur d'elle-même pour tout oublier, se laisser sombrer. Il y aura peut-être quelqu'un pour l'aider à remonter. Mais non, il n'y aura personne. On ne peut compter que sur soi.

À la fin de la journée, elle est sur la terrasse d'un café avec ses nouveaux amis, dont Suzie. Suzie ne se pose pas beaucoup de questions et est très facile à vivre, peut-être un peu trop. Elle est un peu superficielle mais Anaëlle a besoin de ça en ce moment.
Alors qu'elle boit son verre, Anaëlle aperçoit une petite fille avec un chien. Est-ce possible ? On dirait la petite fille qui avait posé des affiches. La petite s'approche de la terrasse du café et en croisant le regard d'Anaëlle, lui tire la langue et lui lance un nanana de satisfaction. Pas de doute, c'est bien elle ! Anaëlle est à la fois contente pour la petite fille mais en même temps en colère contre elle.
Cela l'amène à réfléchir. Alors c'est donc possible de retrouver un animal avec des affiches ! et quelqu'un ?

À peine rentrée chez ses parents le vendredi soir suivant, malgré l'heure tardive, elle réveille sa sœur :
— Charline, il faut que tu m'aides à faire des affiches !!

— Quoi, à cette heure-ci ? T'es pas un peu folle, je dors...
— Mais non ça va marcher je suis sûre...
— Des affiches pour quoi ? Pour annoncer ton mariage avec Fred ?
— Pff... T'es bête ? Allez vas-y rendors-toi, vas !
Charline n'a pas attendu, ni même entendu d'ailleurs, et s'est aussitôt rendormie.

* * *

Anaëlle, elle, n'a pas dormi. Elle a peaufiné son texte :
« SOS, je cherche maman.
Il y a 18 ans, je suis née d'un amour secret entre une jeune fille mineure et un garçon plus âgé. Craignant le scandale et ne voulant rien dire à personne, maman m'a confiée à l'orphelinat.
Avant ma naissance, sur son chemin, elle avait rencontré Simone, la cinquantaine, qui l'avait recueillie.
Je ne sais pas si ma mère est encore en vie mais mon père lui l'est peut-être et il ne connaît pas mon existence.
Si cette histoire vous dit quelque chose, peut-être pouvez-vous m'aider. Appelez-moi. »

Le samedi, Anaëlle a fait des copies de son annonce et avec l'aide de Charline et de plusieurs de leurs amis, dont Frédéric, ils placardent toute la ville et les alentours. Même là où il est écrit « Défense d'afficher ». Ils en déposent dans tous les commerces et en envoient aussi aux commerçants des villes un peu plus éloignées en espérant qu'ils les colleront sur leurs vitrines.

* * *

Anaëlle a reçu plusieurs appels mais rien qui ne concordait. Des femmes en mal d'enfant. Des mères repenties qui regrettaient d'avoir abandonné leur bébé. Même une demande en mariage ! Mais enfin c'est n'importe quoi, les gens sont-ils vraiment idiots à ce point !

Anaëlle, qui avait tant espéré, est à nouveau découragée. Plus elle reçoit d'appels, plus elle a l'impression de s'enfoncer, petit à petit… comme si le désespoir l'écrasait.

* * *

Un jour pourtant, elle y croit enfin. Elle reçoit un appel de Germaine, dont la fille a disparu à l'âge de 16 ans. Ça aurait pu être la mère d'Anaëlle. Germaine veut absolument la rencontrer, elle est persuadée d'être sa grand-mère.

En arrivant chez Germaine, Anaëlle, qui avait décidé de s'y rendre seule, se sent tout de suite mal à l'aise. La maison paraissait à l'abandon : dehors, des mauvaises herbes dans les parterres, des fleurs fanées, à l'intérieur, du bric-à-brac, des cartons empilés. On aurait dit quelqu'un qui allait déménager ou alors quelqu'un qui avait emménagé sans jamais avoir vidé ses cartons.

Germaine vivait seule, était handicapée et avait, semble-t-il, besoin de quelqu'un pour s'occuper d'elle. Était-elle sincère ? Avait-elle vraiment perdu sa fille ?

Elle offre un chocolat chaud à Anaëlle. Tout en buvant, elles discutent toutes les deux. Anaëlle ne sait pas pourquoi mais il y a quelque chose qui la dérange, elle ne peut pas expliquer quoi, une impression, une intuition.

Cependant, elle s'accroche à l'idée que cette femme est peut-être sa grand-mère ; tout concordait en effet, les dates, les lieux.

En partant, elle lui dit qu'elle reviendra la voir plus tard mais aussitôt après avoir franchi la porte, l'aide-ménagère, qui était occupée à préparer le repas et qui avait entendu toute leur conversation, lui court après :

— Ne croyez pas ce qu'elle dit. Elle se sert de vous. Sa fille n'a pas disparu, elle l'a mise à la porte parce qu'elle ne la supportait plus. Germaine avait une vie dissolue, un homme en ramenait un autre et sa fille était témoin de tout ce va-et-vient. Un jour, alors qu'un des hommes avait voulu la toucher, elle fit de vifs reproches à sa mère et

en réponse, elle s'est fait mettre à la porte. Rien à voir avec votre histoire. Sa fille, je la connais. Elle est mariée et a trois enfants. Si vous voulez, je pense qu'elle acceptera de vous rencontrer pour vous confirmer ce que je vous dis et surtout qu'elle n'est pas votre mère.
— Je pense que ce ne sera pas nécessaire, répond Anaëlle déçue mais en même temps soulagée, tellement cette maison dégageait des ondes négatives.

Décidément, la nature humaine est bien compliquée…
Et les sentiments ressentis par Anaëlle n'arrêtent pas de faire le yo-yo entre déprime et espoirs.

XIV

Profondément déçue, Anaëlle avait essayé de se remotiver et de se reconcentrer sur ses études, mais ce n'était pas évident. Elle voyait régulièrement Frédéric… en copain…
Elle avait aussi commencé les cours de code et de conduite.
Ses parents, surtout son père, ne lui parlaient plus de ses recherches mais ils ne savaient que penser tous les deux. Finalement, eux aussi s'étaient mis à espérer retrouver celle qui leur avait donné un aussi joli bébé. Même si, comme beaucoup de parents adoptifs, ils avaient craint de perdre Anaëlle.
Maintenant, elle est majeure et il fallait bien de toute façon qu'ils se fassent à l'idée que l'oiseau allait un jour quitter le nid.

* * *

Elle était chez Nicolas.
— Anaëlle, ça va ? Je te sens pas motivée ce soir. Si tu l'es pas, comment veux-tu que moi j'y sois ?
— Oui, ça va. Relis ton cours. Excuse-moi, je suis un peu fatiguée ; ce n'est rien.

Anaëlle avait parfois cette impression bizarre d'être spectatrice de sa vie. Elle regardait ce qui l'entourait et avait cette sensation curieuse, comme si elle regardait un film. Quelquefois elle se disait « Si ça se trouve, je suis le rêve de quelqu'un. Il y a un autre moi qui rêve et ce

que je vis en ce moment c'est ce rêve. » Mais alors, quand est-ce qu'on se réveille ?
Dans ces moments-là, elle regardait les choses différemment. « Tiens, je n'avais jamais vu comme cette fleur est aussi belle. Tiens, curieux ce papillon, je n'en avais jamais vu de comme ça. » Aux beaux jours, elle s'allongeait dans l'herbe et regardait le ciel. C'était beau le contraste entre le vert des feuilles des arbres et le bleu du ciel. « Ce nuage, on dirait un chien. Il se transforme et maintenant, on dirait une glace, à la vanille évidemment… ».

Elle regarde le papier peint de la chambre de son élève. Ils avaient laissé tomber le bureau pour ne plus être surveillés par la mère de Nicolas. Celui-ci avait en effet imposé cette condition pour accepter de travailler. Anaëlle regarde donc le papier peint et remarque une petite tache. « On dirait une mouche », se dit-elle.
— Anaëlle, tu crois pas qu'on devrait arrêter. Je te sens vraiment pas là. Il faut te ressaisir !
— Tu as raison. Finalement, c'est toi qui me donnes des leçons maintenant !
— Le prof déteint sur l'élève…
— Je vais rentrer mais tu apprends bien ton cours, OK ?
— OK, Madame le professeur.
— Nicolas, pourquoi tu ne travaillais pas avant que je te donne des cours ? Tu en étais tout à fait capable. Ce n'est pas ce que je t'apprends qui te fait progresser autant !
— C'est parce que tu me donnes l'envie de travailler. Avec toi, tout paraît simple. Tu m'as fait comprendre que c'était important de travailler et puis, toi, tu n'as pas peur de mon père. Même mes profs ils ont la trouille, alors tu comprends, moi j'en profite. Avec toi c'est différent.
— Pourquoi j'aurais peur de ton père ? Je ne lui dois rien. Ce n'est pas le Bon Dieu quand même ! Je le vois comme un mec comme les autres. Ce serait peut-être différent si je sentais qu'il pouvait avoir une influence sur ma vie, mais là, que veux-tu qu'il me fasse, à part me

montrer la porte et me demander de ne plus venir.
— Il ne le fera pas puisque j'ai de meilleurs résultats. Tu te rends compte que même mes copains, ils n'osent pas venir à la maison, de peur de le rencontrer. Enfin, mes copains, je ferais mieux de dire des semblants de copains. Je crois que j'ai été tellement odieux avec tout le monde qu'ils me détestent tous. Je ne sais pas si ceux qui me suivent se considèrent comme des copains ou s'ils ont peur de moi.
— C'est sûr qu'au début, moi aussi je me disais que ce n'était pas gagné avec toi. Tu m'as prise de haut.
— Et tu m'as bien remis à ma place. Toi étudiante et moi petit élève de 6ème.
— Tu sais, il y a un truc qui a bouleversé ma vie et c'était pas un petit gars prétentieux et arrogant qui allait prendre le dessus sur moi !
— C'est quoi ton problème, tu veux m'en parler ?
— Je ne préfère pas pour l'instant. Un jour je t'expliquerai. Mais t'inquiètes pas, rien de grave finalement.
Non, vraiment, rien de grave se dit Anaëlle ; une recherche d'identité, un fleuve qui coule mais qui ne sait pas d'où vient sa source ; mais il finit quand même par se jeter dans la mer.
— Bon, j'y vais. On se voit la semaine prochaine.
— Bon courage alors et repose-toi.

* * *

Nous sommes en mars, Anaëlle, qui est passée par le parc pour rentrer, s'est allongée sous son arbre préféré. Elle repense à cette conversation avec Nicolas. Elle l'aime vraiment de plus en plus ce gamin. Il est cash et ça lui plaît. Elle aurait bien aimé avoir un petit frère comme lui. Ils se seraient chamaillés, se seraient fait la guerre. Ça aurait été bien. Avec Charline c'était bien aussi ; malgré les 5 années qui les séparaient, elles s'entendaient bien et Charline était assez mûre pour son âge.
Tout en pensant, elle se laisse bercer par l'eau du ruisseau qui s'écoule et tombe dans un demi-sommeil.

Tout à coup, un ballon surgi de nulle part la sort de sa torpeur.
— Pardon, Mademoiselle, mon fils est maladroit. J'espère qu'il ne vous a pas fait mal.
Anaëlle est tellement surprise de revenir à la réalité aussi brutalement qu'elle ne sait pas trop quoi dire.
— Oh, non, c'est pas un ballon qui va m'amocher…
Puis, aussitôt, elle éclate de rire. Le petit garçon et sa maman, visiblement vexés, partent sans rien dire. Anaëlle repense tout à coup aux circonstances de la rencontre entre Marie et Franck. Seulement, là c'était différent. Il n'allait rien se passer.

* * *

Le quotidien d'Anaëlle c'est cours, déjeuner, cours, visite chez Nicolas, temps libre, dîner, entrecoupés par les leçons de code et de conduite. Parfois, elle sort avec ses nouveaux amis mais pas très souvent. Elle ne se sent pas du même monde qu'eux.

Ses études ne la passionnent pas vraiment. C'était pourtant la filière qu'elle avait choisie. Mais sa tête était trop pleine de questions. Elle se disait que son cerveau n'était pas assez grand pour supporter toutes ces questions et en plus y ajouter tout ce qu'il fallait apprendre. Il y a des jours où elle n'en pouvait plus de toujours penser. Elle aurait voulu être bête et se laisser vivre sans se poser de question. Mais aussitôt, elle se ressaisissait « T'es idiote ma pauvre ! Personne n'a envie d'être bête ! »
Le professeur qu'elle a le plus souvent et qui doit donner aujourd'hui un cours sur le recyclage est jeune, sympa et plutôt mignon. Cela aurait dû la motiver à l'écouter mais elle n'arrivait pas toujours à être concentrée sur ses paroles. Sa nouvelle amie Suzie n'arrête pas de parler de ce professeur, on dirait qu'elle en est amoureuse. En temps ordinaire, Anaëlle serait peut-être tombée sous le charme. Mais là, non, et Fred alors ?

Ce midi-là, le professeur l'interpelle dans le couloir :
— Mademoiselle Anaëlle SIMOND-GUIRLOT, c'est bien votre nom, n'est-ce pas ?
Anaëlle est étonnée car, d'habitude, les professeurs donnent leur cours sans se soucier de leurs élèves, encore moins de leurs noms. Celui-là est peut-être différent. Anaëlle se dit que cela doit cacher quelque chose.
— Vous semblez ailleurs pendant mes cours. Vous ne trouvez pas cela intéressant ?
— Si, mais, j'ai des soucis d'ordre personnel.
— Voulez-vous que nous en parlions ? Je suis disponible pour déjeuner.
Anaëlle n'en revient pas. Tout ça pour ça ! pour l'inviter à déjeuner. Il aurait pu trouver autre chose et faire semblant de vraiment se soucier d'elle. En fait, il n'en a rien à faire de la façon dont elle gère ses études. Il veut juste la draguer c'est tout.
— Non, rien d'important. Ça ira merci.
— Il faut vous ressaisir. C'est important les études, croyez-moi. Après, vous regretterez peut-être ce temps perdu à rêvasser.

Suzie l'attendait à la sortie.
— Alors qu'est-ce qu'il te voulait ?
— Rien, déjeuner avec moi pour me faire la morale !
— Te faire la morale, qu'est-ce que tu racontes, te draguer oui ! Ne me dis pas que tu as refusé ?
— Ben si, qu'est-ce que tu crois ?
— Mais qu'est-ce que t'as dans la tête ? Tu comptes rester célibataire toute ta vie !
— Non, mais t'es sérieuse, là ! Évidemment, toi, tu aurais accepté. Tu sautes sur tout ce qui bouge…
Suzie semble vexée par cette réflexion. Un homme l'invite à déjeuner, elle fonce, elle ne réfléchit pas, surtout quand il est mignon. Qu'est-ce qu'elle risquait à accepter ? C'est un prof, que pouvait-il arriver ?
— T'es trop bête. Allez, on va manger.

— Non, vas-y, moi je rentre chez moi, j'ai mieux à faire.
— Ah oui, c'est vrai, ta fameuse soirée… Je serais bien venue moi aussi.
— Il fallait t'y prendre plus tôt. Désolée.

Anaëlle presse le pas. Elle aperçoit le bus qui arrive. Elle va devoir courir. Et non, trop tard ! Il est parti. Elle doit attendre le prochain. Elle déteste attendre. Elle a vraiment l'impression de perdre son temps. Mais bon, cela lui permet de repenser à ce que son professeur avait dit.
« Ce temps perdu à rêvasser » mais pour qui il se prend celui-là !
Mais dans le fond, sans doute a-t-il raison. Il faut vraiment qu'elle fasse plus d'efforts.

Mais, ce sera pour demain…

XV

Cet après-midi, elle ne va pas aller en cours. Non, elle va se préparer car ce soir, elle va au concert. Pas n'importe quel concert. Son billet, elle l'a depuis des mois. Elle va y aller seule. Elle y aurait bien été avec Suzie mais cela faisait bien longtemps que tous les billets avaient été vendus. Quant à Frédéric, il est à son internat et les concerts, c'est pas son truc, il n'aime pas la foule. Anaëlle non plus n'aime pas trop la foule, mais cela dépend pour faire quoi et surtout pour voir qui.
Finalement, elle est plutôt contente d'y aller seule. Elle pourra rêvasser comme elle veut. Elle pense à son professeur en se disant ça. Il n'est pas là pour la surveiller. Qui sait, peut-être qu'il sera au concert lui aussi, mais elle ne le verra pas et c'est tant mieux. D'ailleurs, elle espère ne voir personne de connaissance. Quelqu'un à qui elle devrait parler. Non, elle veut en profiter à fond, comme elle le veut, se sentir totalement libre.

Elle arrive vers 16 heures. Il y a déjà pas mal de monde. Anaëlle se disait que 16 heures c'était peut-être un peu tôt mais elle se rend compte que certains sont vraiment fous : il y en a qui n'ont pas hésité à dormir là pour espérer avoir les meilleures places. Il faut vraiment être fan pour faire ça, ou un peu « dérangé » ; pas sûr que le chanteur aime ce comportement.
Anaëlle espérait quand même être devant ; pour le voir. Depuis le temps qu'elle attendait ça ! Les gens ont l'air sympas. Il y a beaucoup de jeunes mais aussi quelques personnes un peu plus âgées. « Les plus vieux vont arriver plus tard », pense-t-elle. Elle observe. Ses voisins

discutent en attendant, calmement. Elle est impatiente. Les minutes ne passent pas. Plusieurs personnes se sont assises. Elle fait de même. À côté, il y a en a quand même qui restent debout. Ils auront bien le temps d'être debout tout à l'heure. Pour faire passer le temps, elle observe tous ces pieds et toutes ces jambes à côté d'elle. Elle s'imagine une petite fille parmi des géants. C'est quand même angoissant. Mais, elle, elle sait qu'elle peut revenir à leur hauteur. Elle se concentre sur les pieds. C'est étonnant, finalement toute cette diversité de chaussures et de tailles. Il y a des grands qui ont des petits pieds et inversement. Il y a des chaussures à lacets. Une idée un peu folle lui traverse l'esprit « Ce serait drôle de défaire les lacets et de faire des nœuds avec les lacets de la personne d'à côté ! Non ce ne serait pas sympa. Ils tomberaient inévitablement. Quand même… ça pourrait vraiment être rigolo ! » Quand on n'a rien à faire, il faut bien passer le temps. Elle regarde sa montre et a l'impression que les aiguilles ne bougent pas. Puis elle se remet à penser à elle, à sa mère. Elle pense, elle pense, toujours... Son cerveau n'est jamais en repos. Elle ne peut s'y empêcher. Elle essaie d'écouter les conversations des personnes à côté d'elle mais elle décroche. Tout à coup, les gens se lèvent et avancent. Elle ne s'en était pas rendu compte et a failli se faire marcher dessus.

Les vigiles se sont approchés des portes et tout le monde s'est tassé.
Ça y est, les portes s'ouvrent enfin...
Il faut encore attendre mais on bouge et malgré tout, cela va assez vite ; contrôle de billets, fouilles.
Ils rentrent dans la salle. Anaëlle est presque devant. Elle se rassoit par terre et décide de manger tout de suite pour faire passer le temps. Elle se sent un peu seule entre ces groupes d'amis et ces familles. Il y en a qui font le forcing pour passer devant en faisant croire qu'ils rejoignent quelqu'un. Désespérant !
Ils passent de la musique dans la salle ; assourdissante avec le brouhaha des spectateurs qui parlent. Un vendeur circule difficilement avec des bracelets lumineux. Anaëlle en prend un.

C'est presque l'heure. Anaëlle se remet debout. Dès que quelqu'un apparaît en haut, là où il y a les lumières, les cris se font entendre. Ils sont fous. Le public commence à chanter. La chaleur monte dans la salle. On y est presque. Anaëlle se sent étourdie. Est-ce possible qu'elle soit vraiment là ?

Les lumières s'éteignent. Le public crie encore plus fort. Anaëlle se sent de plus en plus fébrile. Elle ne va pas s'évanouir quand même ! Ce serait le comble, elle raterait tout. Son cœur bat la chamade. Par où va-t-il arriver ? À droite, à gauche, au milieu. Une lumière au fond de la scène, de la brume puis une silhouette sortie d'on ne sait où apparaît. Est-ce bien lui, celui qu'elle attend ? Ou peut-être seulement un musicien ? Non, c'est bien lui, la silhouette, la démarche… Elle le reconnaît. Trois notes de guitare et c'est parti. Les musiciens arrivent un par un. La première chanson est déjà terminée. Il dit bonsoir. Presque deux heures de bonheur à venir.

Anaëlle oublie tout, elle ne pense plus à rien, à rien d'autre qu'à ce qu'elle entend. Elle chante avec lui. Elle rit avec lui. Elle danse. Elle est dans son monde à lui. Sait-elle encore comment elle s'appelle ?

Il raconte des histoires, utilise des transitions habiles entre les chansons. Tout s'enchaîne magistralement. Il connaît tellement son public qu'il sait exactement comment il va réagir. Tout est calculé et pourtant tout semble improvisé. Une soirée ensemble... à partager.

Les émotions sont vraies, intenses.

Anaëlle remarque à peine le garçon à côté d'elle qui semble immobile. Il n'a aucune réaction. Il ne se dandine même pas. Comment peut-on rester statique à ce point quand il y a de la musique et une telle ambiance ? Mais qu'est-ce qu'il fait là ? Il aurait mieux fait de rester chez lui à regarder la télé. Allez, passons. De toute façon, Anaëlle s'en fiche. Chacun fait ce qu'il veut. Ce qui compte c'est l'émotion qu'elle, elle ressent.

Elle est presque devant. Elle voit bien le chanteur. Son jean, son T-shirt, ses chaussures, son sourire, surtout son sourire et aussi ses grimaces pendant les solos de guitare. Elle voit bien la complicité

entretenue avec les musiciens. On dirait un groupe sur scène, de véritables échanges se créent entre eux. Ils chantent eux aussi.
Les images qui défilent derrière, Anaëlle ne les regarde pas vraiment. C'est bien la peine qu'il se soit fatigué à en mettre…

Il y a un moment qui sera plus intense que les autres. Il est au piano, une chanson douce, toute en émotion. Tout en chantant, l'artiste promène son regard sur le public et voilà que ce regard croise celui d'Anaëlle, du moins c'est ce qu'elle pense. Ce sourire lui est-il destiné ? Sans doute que non, mais Anaëlle se plaît à vouloir croire qu'il lui a souri, rien qu'à elle. Non c'est impossible, comment peut-il voir les yeux des gens ? Mais peut-être que si après tout. Ce regard qui croise le sien, elle ne l'oubliera pas tant il l'a troublée.

Le temps s'écoule trop vite. Elle essaie de profiter du temps présent mais elle ne peut pas s'empêcher de penser à la fin du spectacle. Si pendant l'attente, les minutes paraissaient des heures ; maintenant, les heures paraissent des minutes. Finalement, on y arrive trop vite : c'est déjà la dernière chanson. Il prévient. « On va se quitter. On est heureux d'avoir partagé du temps ensemble mais il y a un moment où il faut bien partir ». Les notes du piano s'égrènent. La voix tremble un peu. On a vraiment l'impression qu'il chante avec son cœur, que ça vient de l'intérieur.
La chanson est terminée. C'est le silence comme il l'a demandé…

Voilà, c'est fini. Trop tôt ! Le trop-plein d'émotion fait couler les larmes sur les joues d'Anaëlle. Moments intenses, inoubliables et pourtant elle en oubliera la plus grande partie ; elle le sait bien et c'est ça qui la rend triste. La mémoire ne peut tout garder… malheureusement.

Les lumières se rallument.
Non !!! Maudites lumières qui cassent la magie, qui ramènent à la réalité. Ne pouvait-on pas rester encore un peu dans la pénombre pour

laisser le temps suspendu, pour digérer les émotions à l'intérieur, pour permettre au cerveau d'enregistrer. Pourquoi, ça n'existe pas un enregistreur de mémoire et surtout un enregistreur d'émotions ?
On pourrait se repasser le film, retour arrière, replay, on reprend au début. Ou alors, les moments qu'on préférerait ne pas avoir vécus, on les effacerait.

Maintenant, Anaëlle réalise qu'elle est toute seule. Pourtant, elle ne l'est pas vraiment. Il reste l'ambiance d'après concert. Des gens qui chantent, qui sourient, qui racontent...
Personne n'attend à la grille. Non, ça ne sert à rien. Tout le monde sait bien qu'il est déjà parti. À la boutique, il y a la queue. Dehors, ils vendent des posters. Anaëlle n'achète rien. Non, elle essaiera de garder ça dans sa tête et dans son cœur. Elle va sans doute en rêver cette nuit, si elle arrive à dormir…

XVI

Le lendemain, dur, dur, de reprendre le chemin de la Fac.
Elle est à la fois heureuse et triste. Elle se dit « vivement la prochaine tournée ».
— Alors c'était comment ? lui demande Suzie qui l'a rattrapée dans les escaliers.
— Unique, génial, super, envoûtant. Tu ne peux pas imaginer !!
— Et bien, à voir ta tête, si un peu. On dirait que t'es sur un nuage.
— C'est un peu ça.

— Messieurs, Dames, installez-vous dans le silence s'il vous plaît, le cours va commencer !
Difficile de passer à côté de ce professeur quand il dispense la plus grande partie des cours.
Anaëlle croise son regard. Cela ne lui fait pas le même effet qu'au concert, hier soir. Elle sourit à son professeur. Il a l'air tout étonné en lui rendant son sourire.
Suzie donne un coup de coude à son amie.
— Tu fais quoi, là ? Hier tu le rejettes et aujourd'hui, on dirait que tu l'allumes.
— Ça va pas, non, c'est juste qu'aujourd'hui, je suis bien. Je me sens tellement heureuse. J'ai envie de partager ma bonne humeur, tu comprends ?
En effet, malgré cette impression de vide à la fin du concert, elle s'était finalement endormie avec plein de belles images et avait repensé à tous ces mots contenus dans les chansons. Il faut aller de l'avant, ne

jamais perdre espoir, se battre, ne pas se laisser aller ; surtout ne jamais laisser tomber...

À la fin du cours, qu'elle a bien eu du mal à suivre malgré ses efforts, elle attend que le vide se fasse dans l'amphi et va parler au professeur :
— Vous avez raison, Monsieur, il faut que je me reconcentre sur mes études. Vous m'avez ouvert les yeux. Je vais travailler.
— Vous déjeunez avec moi pour qu'on en parle ?
— Merci, mais je vais y arriver seule, dit-elle en laissant le jeune homme quelque peu déçu.
Anaëlle s'en va, trop contente de sa réponse et d'avoir, en quelque sorte, remis les pendules à l'heure avec lui. Elle n'allait quand même pas tomber dans son piège avec juste un sourire. Pour qui il se prend celui-là ? Non, mais ! il ne sait pas à qui il a affaire !

* * *

Ce concert, ça a reboosté les énergies d'Anaëlle. Elle essaie de mettre en application les paroles du chanteur. Elle s'est remise au travail en tentant de chasser ses démons.

Elle réussit son année, non pas brillamment, mais de façon honnête. Ses parents ne regretteront pas de l'avoir poussée à poursuivre des études longues. Elle va prouver aux autres qu'elle est une fille forte.

XVII

Avant les vacances, il lui reste une chose importante à faire, quelque chose qu'elle ne doit absolument pas rater. Elle a passé son code et aujourd'hui c'est l'épreuve de conduite.

Elle est stressée. Par manque de chance, elle va passer avec l'inspecteur le moins agréable du Département.

— Ne t'inquiète pas, lui dit sa monitrice, tu es prête, il n'y a aucune raison que ça ne marche pas. Surtout, sois aimable, fais-lui ton plus beau sourire.

Anaëlle, aussitôt, fait un sourire forcé.

— Oublie ce que je viens de te dire ! Sois toi-même, ce sera très bien. Allez, ça va être à toi.

Anaëlle monte dans la voiture, non sans avoir été un peu déstabilisée par son « copain d'auto-école » qui, en sortant du véhicule, lui dit avec une mine triste « bon courage, je te laisse le grincheux ! » Elle a compris qu'il avait été recalé.

— Bonjour Monsieur.

— Bonjour Mademoiselle. Allez, on y va. On ne perd pas de temps. En sortant du parking, vous prendrez à droite vers la rue Gambetta.

« La rue Gambetta, mon Dieu, c'est laquelle ? »

Anaëlle démarre. « Ouf, tout va bien, je n'ai pas calé. ». Elle part, prend une rue qui par bonheur est bien la rue Gambetta et va tout droit.

— Au feu, vous tournerez à gauche !

« Bien mon Capitaine ! » Elle a l'impression d'être à l'armée.

« Mais, à gauche c'est un sens interdit ! Je fais quoi ? »

— Je ne peux pas tourner à gauche, c'est interdit, vous voulez dire que je tourne à gauche dès que je le peux, c'est-à-dire un peu plus loin ?
— Oui, c'est cela Mademoiselle !
En face, il y a un énorme camion. Anaëlle a peur mais ça passe heureusement. En fait, sans difficulté, mais c'est la présence de cet inspecteur qui la stresse encore plus. « Penser à rouler à la vitesse maximale autorisée, regarder dans le rétroviseur, mettre son clignotant, etc. ».
L'inspecteur lui fait faire un petit tour sur une route de campagne « penser aux priorités à droite... » Tous les conseils de la monitrice lui reviennent au fur et à mesure. Il se met à pleuvoir et le temps s'est assombri. Elle met les essuie-glaces et allume les phares. Elle a l'impression que l'inspecteur a hoché la tête comme pour dire « bonne réaction ».
Ils reviennent en agglomération.
— Garez-vous sur le côté dès que vous le pourrez !
« Bien mon capitaine ! Mais je me gare où, il y a des voitures partout, il va falloir que je fasse un créneau et c'est à moi de juger où je peux le faire. Surtout, faire attention aux voitures qui sont derrière ! »
Elle met son clignotant et ralentit.
— Je le fais ici ?
Pas de réponse. Il veut sans doute la tester. Anaëlle se dit qu'elle a la place. Elle se lance, se contrôle. Elle est un peu mal partie. Elle recommence et tout va bien. Elle a réussi à se garer !! Elle regarde l'inspecteur en attendant une réaction.
— C'est bon, éteignez le moteur.
Anaëlle est très étonnée et inquiète aussi « Normalement, ce n'est pas ici qu'on s'arrête mais sur le parking où les autres attendent leur tour ».
— Attendez-moi là, je reviens.
Il sort de la voiture et va au bureau de tabac tout proche. Anaëlle n'en revient pas. Il profite des candidats pour faire ses courses ! Gonflé l'inspecteur ! Et, elle, elle fait quoi pendant ce temps ? Elle stresse encore plus. Il revient.

— Bon, c'est parfait. On retourne au parking. Vous êtes capable d'y aller sans que je vous donne d'instructions ? Vous connaissez le chemin ?
— En principe, oui.
— En principe ou c'est sûr ?
Anaëlle est inquiète. On n'est pas obligé de connaître la ville par cœur quand même !!
— Oui, ça ira.
Elle repart en jouant la vieille habituée, comme si elle conduisait depuis des années.
Le retour au parking se passe sans encombre. Elle ne se sentait même pas surveillée. L'inspecteur lisait le journal qu'il avait acheté.
— Très bien, Mademoiselle, parfait ! Vous avez votre permis, tâchez d'en faire bon usage.

Anaëlle sort de la voiture. Elle se sent légère. Elle a l'impression qu'elle n'a jamais été aussi heureuse de sa vie. Même pour son Bac, elle n'avait pas ressenti un tel soulagement.

XVIII

Cette fois-ci, les vacances d'été sont là ! Anaëlle laisse sa chambre d'étudiante et rentre chez ses parents, non sans avoir félicité et fait la fête avec Nicolas qui passe en 5ème.
La vie reprend son rythme familial. Charline est très heureuse de retrouver sa grande sœur, d'autant plus que maintenant, elle a son permis et va pouvoir l'emmener partout. Évidemment, on a toujours un intérêt à avoir un grand frère ou une grande sœur. On fait toujours les choses plus tôt que lui sans les parents : aller au cinéma, en boîte, faire les magasins…

Franck et Marie sont heureux du retour de leur fille et espèrent ne pas revivre les moments difficiles qui ont suivi la fête de ses 18 ans.

Ils avaient parlé de louer une maison sur la côte pendant leurs congés. Pourtant, Franck, contre toute attente, propose quelque chose d'autre à Marie :
— Si on louait un camping-car et qu'on sillonnait tous les environs de l'orphelinat, en s'éloignant assez, on poserait des affiches partout. Quelqu'un connaît sûrement cette Simone !

Depuis quelques jours, Marie trouvait que Franck était soucieux. Elle ne comprenait pas pourquoi et quand elle lui posait la question, il s'en sortait toujours avec une pirouette. Et surtout, elle ne comprenait pas pourquoi il voulait se lancer dans de nouvelles recherches ; tellement les précédentes s'étaient avérées inutiles et surtout n'avaient fait que

plus de peine à tout le monde. Ils ne parlaient plus de cela avec Anaëlle et elle pensait que les plaies s'étaient refermées.
— Tu crois que c'est raisonnable de donner encore de faux espoirs à Anaëlle ? Elle semble avoir accepté l'idée de ne jamais savoir.
— Non, je ne crois pas, c'est une façade.
Il sort deux papiers chiffonnés de sa poche.
— Je les ai trouvés près de sa poubelle.
— Tu fouilles les poubelles maintenant, bonjour la confiance !
— Je crois qu'elle l'a fait exprès, lis plutôt !
Sur le premier, il est écrit *« Je crois que je l'aime mais je ne pourrai jamais lui dire. À chaque fois que je pense à lui comme un amoureux, je pense à l'avenir, aux enfants et à ma mère. Qui me dit que je ne vais pas faire comme elle. Peut-être que c'est dans le sang. Je n'aurai pas la force d'avoir des enfants. J'ai peur de ne pas pouvoir les assumer. Et si je me retrouve seule ? Non, je n'ai pas le droit d'aimer. Je n'ai pas le droit d'aimer ».*
Sur le deuxième : *« Sombrer dans les abîmes de mon inconscience, penser des mots que je ne comprends pas. Quand je suis au fond, l'inspiration me vient, rentrer à l'intérieur de soi pour ne plus subir, ne plus sentir, se laisser bercer par le vent, ne plus réfléchir, les mots n'ont plus de sens. Quand les autres nous étouffent, rentrer à l'intérieur de soi. Peux-tu lire à l'intérieur de mon âme ? Pourras-tu me comprendre et me permettre de remonter ? »*

Marie est toute retournée par ce qu'elle vient de lire. Elle pensait qu'Anaëlle allait bien.
— On aurait dû l'inscrire dans un cours de théâtre. Elle est très bonne comédienne. On n'a rien vu venir.

Les filles arrivent et trouvent leur mère en pleurs.
— Que se passe-t-il maman ?
— Rien, rien. Papa a une idée pour les vacances. On va louer un camping-car. Comme ça on pourra bouger et aller où on veut.
Bien sûr, Marie ne parle pas de la suite du projet, ça peut attendre.

— Et c'est pour ça que tu pleures ? Mais non, il y a autre chose.
— Non, ce n'est rien. Je viens d'apprendre la mort d'une de mes anciennes amies et je suis triste.
Les filles ne semblent pas convaincues mais laissent leurs parents entre eux, de peur d'avoir surpris une éventuelle dispute.

Marie est bouleversée. Elle ne pensait pas, il y a un an, que cette fameuse lettre aurait de telles répercussions sur sa fille et sur la vie de la famille tout entière.

* * *

Ça y est, le grand jour est arrivé. C'est le départ. Frédéric a été invité. Il est ravi. Passer plusieurs jours avec Anaëlle, le rêve… mais aussi l'angoisse. Cela fait des semaines qu'ils ne se sont pas vus. Qu'importe, il fonce. Après tout, le destin fera le reste.
Valises bouclées, pique-nique prêt, c'est parti.
Anaëlle est gênée que Frédéric soit là. Ils ne savent pas quoi se dire. On dirait que le lien qui les unissait est à nouveau cassé.

Seuls les parents connaissent la destination.
Écouteurs sur les oreilles, Anaëlle regarde défiler le paysage, les champs de blé, de tournesol, les vaches. Tiens, là il y a des moutons qui sont guidés par un chien, un village qui a gagné le concours des villages fleuris, un autre où le Tour de France a dû passer, il y a des décors de vélo partout. Anaëlle se laisse bercer par la musique. Elle rêve à un monde idéal où personne ne se poserait de questions, où personne ne se chercherait d'ennuis, où chacun pourrait faire confiance à l'autre, élever son enfant en comptant sur l'aide des autres. Si seulement, tout cela était possible.
Elle rêve tellement qu'elle finit par s'endormir.

Finalement, c'est l'arrêt du moteur qui la réveille. Tout le monde s'installe pour déjeuner. Franck explique alors son projet.

— Seulement si tu es d'accord Anaëlle.
Anaëlle n'osait plus parler de ce qu'elle appelait sa blessure. Elle ne voulait plus embêter personne avec cela et le fait de se reconcentrer sur ses études l'avait beaucoup aidée. Même si, avec les vacances, la blessure se rouvrait peu à peu, elle cachait ses angoisses et se montrait joyeuse.
Bien sûr qu'elle est d'accord. Ils commencent tout de suite à préparer les affiches.

« Aidez-moi à retrouver maman. Il y a 19 ans, Simone l'a recueillie. Elle avait 16 ans et était enceinte de moi. Elle s'est enfuie et m'a laissée à l'orphelinat tout près d'ici. J'ignore où je suis née. Pouvez-vous m'aider ?
Connaissez-vous Simone ? Veuve, environ 50 ans à l'époque. Aujourd'hui elle doit en avoir environ 70. Peut-être est-ce vous, votre voisine !
J'ai besoin de savoir pour me créer une identité.
Si vous avez une piste, même minime, appelez-moi ou écrivez-moi. »

Voilà, maintenant, il fallait en mettre dans toutes les communes autour. Les parents avaient décidé de n'en oublier aucune. Il fallait voir large.
Ils parcourent les routes, de village en village, de bourg en bourg, de km en km, tous les panneaux d'affichage, toutes les vitrines des commerces ont été placardés. Même dans les villes un peu plus grosses. Les commerçants étaient très compréhensifs. Certains ont même proposé d'en faire eux-mêmes des copies pour en mettre plus. Ils trouvaient l'histoire d'Anaëlle et sa volonté émouvantes.

La petite famille prenait quand même le temps de visiter et d'apprécier les vacances avec les baignades au bord de la rivière.

Trois semaines à sillonner les routes départementales, les nationales, les communales. Jamais la famille n'était partie aussi longtemps. Il fallait rentrer car les parents allaient reprendre leur travail.

* * *

Déjà une semaine qu'ils étaient rentrés et toujours aucun appel, aucune lettre… Anaëlle commence à se désespérer.
Heureusement que Frédéric est là pour la réconforter :
— Attends, les gens aussi sont en vacances. Et puis même ceux qui sont chez eux, ils n'ont pas tous vu le message. Il faut leur laisser le temps d'en parler entre eux.
Après un silence, il ajoute :
— Et puis moi je suis là !
Évidemment, il est là mais rien n'est plus pareil. Ils s'étaient perdus tous les deux. Anaëlle n'arrivait pas à laisser aller ses sentiments et Frédéric, lui, était beaucoup trop timide pour tenter quelque chose, du moins tant qu'il n'aurait pas retrouvé un peu d'espoir dans le regard d'Anaëlle.
Un jour pourtant, Anaëlle ose lui demander s'il avait rencontré des filles sympas dans son école.
— Oui, il y en a, comme partout, mais pas aussi jolie que toi.
Frédéric n'en revient pas d'avoir dit ça. Il voudrait remonter le temps, faire un retour arrière de quelques minutes.
— Ah bon, tu me trouves jolie alors ?
Frédéric ne sait plus quoi dire. Il devient tout rouge.
Marie arrive soudain, ne sachant pas qu'elle allait peut-être gâcher ce qui aurait pu être un moment important de la vie de sa fille.
— Venez manger les jeunes c'est prêt !

Ouf, Frédéric est encore sauvé in extremis. Sauvé ou… condamné… qui sait ? Condamné à ne vivre que des actes manqués avec Anaëlle. Ce n'est sans doute pas encore le bon moment.

Mais alors ce sera quand le bon moment ? Frédéric se dit qu'il manque sérieusement de courage, qu'Anaëlle doit le prendre pour une mauviette. Oui, c'est ça, il est trop lâche pour assumer ses sentiments. Il va vraiment falloir qu'il prenne sur lui.

XIX

Anaëlle avait l'impression d'avoir perdu son temps pendant ces vacances. Rien de nouveau pour sa mère et, en plus, Frédéric qui ne se décidait pas. Elle n'osait pas elle non plus alors ils tournaient en rond.

Pour sa mère, elle a une nouvelle idée :
— Si on faisait passer l'annonce dans les journaux locaux sur une grande page !
Mais aussitôt elle se ravise en se demandant combien cela coûterait. Aucune importance, Franck est d'accord.

Quelques jours après, les journaux distribués dans plusieurs départements diffusent l'annonce avec la photo d'Anaëlle et son message écrit de sa main sur une page entière en demandant d'écrire au journal.
— Si ça ne suffit pas, on le fera dans les journaux nationaux, dit Marie.
— Tu vas être célèbre, mon am…
Frédéric ne termine pas son dernier mot se sentant gêné tout à coup mais il n'y avait bien qu'Anaëlle pour ne pas avoir compris le mot qu'il voulait dire.

Une semaine après la diffusion dans les journaux, Anaëlle commence à recevoir du courrier : des illuminés qui disaient l'avoir reconnue, des demandes en mariage, même des femmes qui voulaient l'adopter. Décidément, ils n'avaient rien compris. Le cauchemar de la première annonce recommençait.

Un soir, Anaëlle est sur son lit. Elle regarde la pile de lettres et se demande pourquoi tout ceci est arrivé. Pourquoi, elle n'est pas née et pourquoi elle ne vit pas avec ses parents comme tout le monde. « C'est ta chance » dit-il dans sa chanson « le cadeau de ta naissance ». Tu parles d'un cadeau !!

Bientôt, ce serait la rentrée et il faudrait retourner à la Fac.

Et puis, enfin, un jour, fin août, une lettre de Madame TERRIEN. Sa mère, 70 ans, lui avait raconté avoir recueilli un jour une jeune fille enceinte qui était finalement partie sans plus jamais donner de ses nouvelles.

Un grand sentiment d'espoir envahit Anaëlle. Si seulement, cela pouvait être maman.
Marie contacte Madame TERRIEN et le rendez-vous est pris pour le samedi suivant.

Que faire en attendant samedi ? Les jours semblaient si longs. C'est fou comme le temps qui est une science exacte peut être différent selon qu'on soit pressé ou pas.

Que faire ? S'impatienter, regarder les minutes défiler et durer des heures.

Rêver, espérer, Anaëlle n'ose plus.
Déjà plus d'un an a passé.
Que d'émotions, d'espoirs déçus !
Et puis tout se mélange.
Fred, sa mère.
Anaëlle, qui avait pourtant tant de joie de vivre en elle, est tourmentée, désorientée.
Côté étude, ça a été dur. Elle a même failli abandonner, failli tout plaquer et se laisser tomber dans la déprime.

Mais c'était sans compter sur ses parents et sa sœur, qui ne l'ont jamais laissé tomber, et sur ses propres ressources. On a tous au fond de nous des forces à trouver, des forces qui nous empêchent de sombrer ; des forces insoupçonnables qui nous font remonter à la surface quand on a l'impression d'être tombé tout en bas. Quelquefois, il suffit d'un sourire, d'un mot, d'une phrase pour que ces forces reviennent et nous délivrent.

Il y avait aussi Frédéric, Fred, toujours Fred. Anaëlle se demande s'il comprend ce qui se passe dans sa tête et dans son cœur. Pourquoi il n'a pas de copine ? Pourquoi il a accepté de venir avec eux en vacances ? Elle se dit qu'il doit bien l'aimer, un peu… Enfin, elle l'espère.
Mais pour aimer et se laisser aimer, il faut avoir l'esprit libre…
Elle a même pensé à prendre des drogues pour oublier, oublier qui elle était, oublier qu'elle avait perdu ses racines. Heureusement, la raison l'avait emporté.

Avant, elle croyait en avoir des racines avec Franck et Marie. Mais voilà qu'une lettre avait tout chamboulé. Comme si tout à coup on avait arraché l'arbre mais qu'on n'avait pas trouvé de nouvelle place où le replanter. Le problème c'est que les racines, si on ne les remet pas en terre, elles sèchent et l'arbre finit par mourir.
Anaëlle se sentait parfois comme un arbre presque mort.

* * *

Enfin, nous sommes samedi. Il est temps de prendre la route.
Qu'il est long ce chemin pour aller encore peut-être vers un faux espoir.

Madame TERRIEN leur a donné rendez-vous chez sa mère. Malheureusement, celle-ci n'est plus là pour raconter l'histoire. Elle est « partie rejoindre les anges » il y a un mois. C'est l'expression qu'a utilisée Madame TERRIEN qui n'arrivait pas à prononcer le mot, ce mot que beaucoup n'arrivent pas à dire : « mort ».

Tout le monde arrive enfin. C'est une petite maison entourée d'un petit jardin. Les arbustes sont en fleur. Tout a l'air bien entretenu. Cette maison, elle a une âme. Pas comme celle de Germaine. Celle-là, Anaëlle préfère ne plus y penser.
Madame TERRIEN les accueille avec le sourire et leur demande d'entrer dans la salle à manger. Sur la table, une nappe fleurie : des tulipes, des marguerites, des narcisses. On se croirait dans un jardin à la campagne. L'usure a effacé quelques fleurs à l'endroit où Simone devait s'installer pour manger. Une décoration démodée. Sur le buffet, des photos, beaucoup de photos dans des cadres disparates : des bébés, des communiants, des mariés, une vieille photo de mariage un peu jaunie. Sans doute, était-ce elle. Une cloche avec une couronne de mariée. Des souvenirs d'un autre temps.

En parlant de temps, on aurait pu croire qu'il s'était arrêté dans cette maison.
Anaëlle a l'impression d'être chez son arrière-grand-mère, Mamie Louise, celle qui habite très loin et qu'ils voient rarement. Anaëlle se dit que ce serait bien d'aller la voir plus souvent. C'est décidé, un prochain week-end, elle ira la voir avec sa voiture. Maintenant qu'elle a son permis, elle n'a plus besoin de demander à quelqu'un de l'emmener. Peut-être qu'il ne faut pas tarder, y aller le plus tôt possible, avant qu'elle aussi, elle laisse sa maison abandonnée, suspendue dans le temps.

Sur un coin de la table étaient posées d'autres photos, qui n'étaient pas dans des cadres celles-là.

— Voulez-vous boire quelque chose ? Café, thé, jus de fruits ?
— Merci, volontiers, ce que vous voulez.

Tout le monde s'installe autour de la table.
Anaëlle demande du café, elle sent qu'elle va en avoir besoin.

— C'est toi Anaëlle ? Ma maman m'a parlé d'une jeune fille qu'elle avait recueillie. Je ne sais pas quel âge elle avait. J'ai trouvé des photos. Regardez celle-là, il y a une jeune fille enceinte.
Madame TERRIEN tend la photo à Anaëlle, qui n'ose pas la regarder. Elle sent les larmes qui commencent à couler. Elle parle dans sa tête « Est-ce toi maman ? Serait-ce possible ? Mais comment en être sûr ? »
— Connaissez-vous son nom ? Derrière la photo il est écrit Sandrine.
Marie regarde la photo et cherche une ressemblance, qu'elle voit ou croit voir.
Franck prend à son tour la photo et ressent comme un malaise.
— Franck, ça va ? s'interroge Marie. On dirait que tu as vu un fantôme.
— Cette fille me fait penser à quelqu'un mais je ne sais pas trop. La photo n'est pas de très bonne qualité.
— C'est normal que cela vous fasse penser à quelqu'un, dit la fille de Simone, regardez l'expression du visage, c'est celle d'Anaëlle !
— C'est vrai, remarque Marie, je pense que nous sommes sur la bonne piste.
— C'est difficile de se rendre compte. Et puis, c'est bien peu comme indice, reprend Franck.

Effectivement, c'est bien peu. Une seule photo et un prénom.
— Tout ceci ne sert à rien ! crie Anaëlle. Une photo qu'est-ce que ça prouve… Si au moins Simone était là, elle pourrait peut-être nous donner des détails qui nous prouveraient que c'est ma mère. Et puis même si c'est elle, on ne connaît pas son nom. Maintenant, je crois que c'est pire. J'ai un visage, un prénom et je ne sais pas si je peux m'y attacher.

Marie est déçue elle aussi. Ils avaient encore donné de faux espoirs à leur fille.

Madame TERRIEN est mal à l'aise :
— Je suis désolée. Je pensais pouvoir vous aider et je crois avoir semé encore plus de trouble.
— Ne soyez pas désolée. Cela va peut-être nous aider. Peut-on garder la photo ? demande Franck.
— Bien sûr et donnez-moi des nouvelles. J'aimerais trop pouvoir vous en dire plus. Mais attendez, je viens de repenser à quelque chose.
Madame TERRIEN sort de la pièce en les abandonnant à leur triste sort. Elle revient quelques minutes plus tard avec un foulard dans les mains.
— Regardez, il y a ceci dans les affaires de maman et je ne me souviens pas l'avoir vu porter ce foulard, ça n'était pas son style. Peut-être que cela appartenait à votre mère.

Personne n'ose parler. Marie prend le foulard.
Il est temps de partir. Ils n'apprendront rien de plus pour l'instant. Ils remercient chaleureusement Madame TERRIEN et lui promettent de donner des nouvelles.

XX

Le chemin du retour a été long, très long, si long… encore plus long qu'à l'aller.

Anaëlle est allée voir Frédéric. Ils ont passé beaucoup de temps ensemble, en toute amitié, comme toujours…
Frédéric a beau essayer de la distraire, rien n'y fait.

* * *

Franck n'est pas bien non plus.
Marie ne comprend pas. Il ne mange plus, il est pensif.
— Que se passe-t-il ? Depuis qu'on a été voir Madame TERRIEN, tu ne sembles plus être le même.
Franck est très perturbé et ne sait comment parler à Marie :
— Il y a une chose que je ne t'ai jamais dite. Quand j'étais jeune, j'étais très amoureux d'une fille plus jeune que moi. Presque du jour au lendemain, elle est devenue bizarre, distante. Je n'ai pas compris. Je n'avais rien fait. Puis, elle m'a dit que ses parents allaient déménager et qu'elle suivait bien sûr ; que ce ne serait plus possible de se voir. Je lui ai dit que la distance ne changeait rien, que je pouvais aussi déménager, qu'elle n'avait qu'à me donner son adresse. On pouvait s'écrire. Je pouvais aller lui rendre visite. Elle a refusé. Puis, je ne l'ai plus jamais revue. Je ne savais pas où elle habitait. Elle n'a jamais voulu me le dire. Et je n'ai jamais su où elle est allée.
— Tu ne t'es pas posé de questions ? demande Marie qui ne

comprenait pas, tout à coup, pourquoi son mari lui faisait cette confidence dont il n'avait jusqu'alors jamais parlé.
— Si, bien sûr. J'ai pensé qu'elle ne voulait simplement plus me voir, que j'étais trop vieux pour elle, qu'elle avait peut-être trouvé un petit copain de son âge. Moi, je voulais vivre avec elle, mais elle était très jeune et je n'ai pas voulu lui faire peur.
— Pourquoi tu me racontes ça maintenant ?
En posant cette question, Marie repense à la tête de Franck découvrant la photo chez Simone. Et son trouble en voyant le foulard.
— Cette photo chez Simone, j'ai cru m'évanouir. J'ai l'impression que c'est elle, j'en suis presque sûr. Pourtant, elle s'appelait Anne. Ça voudrait dire qu'elle est partie quand elle a su qu'elle était enceinte et moi, je n'ai rien vu comme un con ! J'aurais assumé. Je pense que j'aurais même été heureux. Je l'aimais tellement !
Il s'effondre en larmes.
Marie en tombe presque à la renverse. Elle est bouleversée par ce qu'elle vient d'entendre.
Franck va dans la chambre et ressort une photo de ses anciennes affaires, une photo qu'il avait toujours cachée. Effectivement, on dirait bien la même jeune fille.

Tout à coup, Marie a un flash. Elle repense à cet après-midi d'avril la première fois qu'ils s'étaient vus. Anaëlle avait envoyé son ballon sur Franck et elle l'avait appelé papa.

Était-ce possible ? Était-ce possible que le hasard l'ait mis sur sa route, que le destin ait voulu qu'il retrouve celle qui était peut-être sa fille ? Était-ce possible qu'à trois ans, Anaëlle ait pu reconnaître son père ? Elle ne l'avait jamais vu, c'est impossible !
Était-ce une farce du destin, ou alors un petit coup de pouce ? Albert Einstein a dit « le hasard c'est Dieu qui se promène incognito. » Peut-être que la réponse était là. Qui sait ?
Était-ce une force de l'amour, plus forte que la séparation, qui serait capable de faire se retrouver deux personnes du même sang ?

Marie arrête ses réflexions pour reprendre sa conversation avec Franck, qui n'avait pas non plus, de son côté, repris la parole.
— Il ne faut rien dire à Anaëlle pour l'instant. Il ne faut pas encore lui donner de faux espoirs avant d'avoir retrouvé cette fille ou avant de savoir ce qu'elle est devenue. Tu crois que tu pourrais retrouver sa trace ?
— Je ne sais pas. Comment ?
— Il faut retourner où tu habitais à l'époque. Tu connaissais son nom de famille ?
— Oui, mais si ça se trouve elle avait donné un faux nom.
— Pourquoi, elle aurait fait ça ?
— Je ne sais pas, ce n'est pas le même prénom qu'elle a donné à Simone. Si ça se trouve, ce n'est pas la même fille. Il y a des ressemblances parfois entre les gens.
— Oui, mais c'est peut-être elle, elle avait une raison de vouloir se cacher et donc de donner un faux prénom. Tu sais où elle allait à l'école. On va mener notre enquête.

* * *

Franck a écrit au lycée où il pensait qu'Anne était scolarisée. Se désespérant de recevoir une réponse après un délai d'attente qu'il avait jugé raisonnable, il décide de faire le déplacement sans les prévenir au préalable.

Franck a roulé tout en repensant au passé, aux bons moments qu'il avait vécus avec Anne, mais aussi à toute cette souffrance qu'il avait eu tant de mal à surmonter au moment de sa « disparition » mais qu'il avait malgré tout gardée en lui, comme une blessure qui ne demandait qu'à se rouvrir. Il pensait pourtant que tout était cicatrisé. Il vivait heureux maintenant. Il avait une famille de rêve. Aujourd'hui, le passé semblait l'avoir rattrapé.
Il arrive enfin près du lycée qu'il a du mal à reconnaître. Bien sûr à l'époque, il était passé plusieurs fois devant. Il y avait même déposé

Anne mais il n'était jamais entré. D'ailleurs, en y réfléchissant, il n'avait jamais su si Anne y entrait et si elle parlait à d'autres élèves car elle descendait toujours de voiture dans la rue d'à côté. Elle ne voulait pas que les autres les voient ensemble. Alors Franck partait toujours aussitôt. Le lycée avait beaucoup changé. Il venait d'être rénové et Franck avait l'impression qu'il était plus grand. Des bâtiments avaient dû être reconstruits ou alors c'était juste une impression.
Il se dirige fébrilement vers les bureaux.
La secrétaire doit insister auprès du Directeur pour que celui-ci veuille bien sortir de son bureau et accueillir Franck qu'il reçoit assez froidement. Il n'aimait visiblement pas être dérangé à l'improviste :
— Vous comprenez Monsieur, j'ai bien reçu votre lettre mais je ne peux pas vous répondre. Vous n'étiez pas dans ce lycée. Je ne vous connais pas. Nous avons du travail. En plus, à l'époque, les fichiers n'étaient pas informatisés.
— Mais vous avez bien des archives.
— Oui, mais je n'ai pas le temps !
— Monsieur, je comprends bien mais imaginez que vous ayez eu un amour de jeunesse et que, 19 ans après, vous appreniez que cette jeune fille que vous avez terriblement aimée a eu un enfant qui est sans doute le vôtre ; vous n'auriez pas envie de la retrouver ?

Le Directeur semble pensif comme s'il s'était mis dans la situation de Franck. Il regarde par la fenêtre. Il se lève sans rien dire et prend une clef dans un tiroir.
— Venez avec moi.
Ils se dirigent vers la cave. Il fait froid. Pourtant, nous ne sommes qu'en septembre.
Le Directeur ouvre une grosse porte et montre les cartons à Franck.
— Voilà, là, il y a les archives de l'année qui vous intéresse. Allez-y, cherchez, mais je n'ai pas le droit de vous laisser regarder partout.

Pourtant, il le laisse seul. Comme si le Directeur avait compris l'enjeu de ces recherches. Parfois, il faut savoir faire passer l'humain avant les règles.

Franck cherche dans sa mémoire. Elle avait 16 ans. Elle était en seconde. Franck se met à douter « et si elle lui avait menti, si elle n'était pas en seconde, si elle était dans un autre lycée, ou plus à l'école du tout ».
Stop !! Il laisse partir ses doutes et se met à éplucher la liste de toutes les classes.
Les minutes s'égrènent en même temps que les listes. Il trouve enfin Anne LAROBIS – 2nde 7. Cela ne lui donne pas grand-chose. Il continue ses recherches. Il trouve les bulletins de notes. Pas de bulletin pour les 2ème et 3ème trimestres… Cela paraît logique puisque cela correspond au moment où elle est partie. Sur le bulletin du 1er trimestre, une adresse.
Enfin, un début de quelque chose. Par précaution, il note aussi l'adresse de plusieurs autres élèves. Qui sait, peut-être que quelqu'un était resté en contact avec elle. Elle ne lui parlait jamais de ses amies. Franck n'avait jamais réussi à comprendre pourquoi Anne faisait tant de mystère autour d'elle. Il réalise qu'il savait très peu de choses d'elle. Sans doute, avait-elle peur de la réaction de ses parents.
Il s'en voulait un peu de ne pas avoir cherché à en savoir plus. Il aurait sûrement compris pourquoi elle était souvent inquiète, pourquoi elle avait changé d'attitude et avait disparu du jour au lendemain. Il s'en voulait.

Franck remet correctement les documents à leur place et retourne voir le Directeur pour le remercier chaleureusement. Cette fois-ci, il lui paraît moins distant.
— Avez-vous trouvé ce que vous cherchiez ?

— J'ai effectivement trouvé une adresse. Maintenant j'ai d'autres

recherches à faire qui ne vont pas être simples à mon avis.
Le Directeur semble ému.
Bizarre… Cette histoire aurait-elle réveillé quelques souvenirs ?

XXI

— Il est où papa ?
— Il est en déplacement pour son travail.
— Ah bon, il ne fait jamais de déplacement d'habitude. Tu es sûre que ça va bien entre vous. Je vous trouve bizarres en ce moment ?
Marie ne sait pas trop quoi répondre à Anaëlle. Ils ont essayé de ne rien laisser paraître mais ce n'était pas facile. Anaëlle était assez observatrice.
— Oui ça va et toi ?
— Bof, je vais repartir à la Fac. Ça va me changer les idées.
La discussion est un peu tendue. Chacune n'osant dire à l'autre ce qu'elle ressent vraiment.

— Et moi, personne ne me demande ce que je ressens ! Je suis repartie au collège, moi !
— Excuse-moi Charline. Avec tout ça, nous t'avons un peu laissée de côté.
— Oui, et il y en a un autre qui se sent laissé de côté. J'ai vu Fred hier. Il était avec une fille du lycée.
— Ils faisaient quoi ? demande Anaëlle tout en essayant de dissimuler la gêne qu'elle avait ressentie soudain.
— Ils se tenaient la main. À mon avis, ils sont ensemble. À trop chercher ton passé, tu en as oublié ton présent et tu laisses filer ton avenir.
— Oh, joli ! bravo ! tu fais de l'esprit maintenant. Ah oui, c'est vrai tu es en 3ème !

— Vous devenez tous fous dans cette maison !
Charline part en colère et s'enferme dans sa chambre.

Marie est triste. Charline a raison. Elle est où la famille unie, soudée où tout allait si bien ?
Comment retrouver un équilibre maintenant ?

* * *

Anaëlle va faire un tour et se surprend à prendre la route qui va chez Frédéric, presque par habitude.
Elle s'apprête à sonner. Avant, elle n'aurait même pas hésité mais là, elle ne savait pas si elle serait bien accueillie. Elle prend son courage à deux mains et appuie sur la sonnette.
Personne n'ouvre. Elle repart, finalement presque soulagée. Que lui aurait-elle dit de toute façon : « alors tu as une copine ! ». Elle n'allait quand même pas lui faire une scène de jalousie alors qu'ils ne sont pas ensemble.

Elle est dans ses pensées et n'a pas vu Karl qui arrive :
— Bonjour, Anaëlle, je te croyais morte. On ne te voit plus. Je viens relever le courrier. Les parents sont en voyage.
— Et Fred ?
— Il est chez des amis à lui. Tu peux l'appeler si tu veux. Je vais te donner le numéro. Il ne parle plus de toi en ce moment, vous êtes fâchés ?
— Non, je ne crois pas. Je vais l'appeler.
Elle s'éloigne tout en se disant qu'elle ne l'appellerait pas. Il est avec une autre. À quoi bon…

Elle a l'impression d'avoir tout perdu. Quel gâchis !

XXII

Franck arrive devant l'immeuble à l'adresse mentionnée sur le bulletin scolaire.
Il y a une dizaine de sonnettes mais aucune au nom de LAROBIS.
Il essaie plusieurs sonnettes sans réponse. Les gens sont au travail à cette heure-là.
Une vieille dame arrive. Il veut lui parler mais elle prend peur et referme aussitôt la porte.
Une jeune femme arrive à son tour, la trentaine. Cette fois-ci, il y va direct.
— Excusez-moi, connaissez-vous Monsieur et Madame LAROBIS ? Je recherche Anne.
— Anne, mais il y a longtemps qu'elle n'est plus là. Ses parents sont partis. Vous la connaissiez ?
— Oui, je l'ai connue il y a longtemps et je fais une recherche d'anciens élèves de notre lycée.
— Venez, je vous offre un café.
Franck n'en revient pas. Cette fille le laisse entrer chez elle. Elle semble connaître Anne. Il ne s'attendait pas à trouver quelqu'un d'aussi accueillant.
— Vous la connaissez ?
— Oui, nous étions voisines. On se parlait assez souvent.
— Et alors ? Vous parlez au passé. Vous ne la voyez plus ?
— Non. Un jour, je l'ai trouvée en larmes dans les escaliers. Je trouvais qu'elle avait un peu grossi. Elle m'a dit que c'était une catastrophe, que ses parents ne devaient pas savoir. J'ai supposé

qu’elle était enceinte mais elle ne me l’a pas dit franchement. Après tout, on se parlait souvent mais on n’était pas vraiment amies et encore moins des confidentes. Et puis après, je ne l'ai plus revue. Je pensais juste qu'elle m'évitait mais mes parents m'ont dit qu'elle était partie un jour sans jamais revenir. On n’a jamais su. Ses parents ne parlaient à personne. La police est venue plusieurs fois chez eux. Chez nous aussi ; ils nous ont questionnés. Moi, je n’ai rien dit. Je n’avais aucune certitude. Maintenant, je m’en veux. J’aurais dû aller voir ses parents. Mais j’étais jeune et je n’ai pas osé. Quelques mois après, j’ai déménagé. Je suis revenue habiter ici par hasard quelques années après. Ils n’étaient plus là. Je n’ai posé de questions à personne et je n’ai jamais entendu parler d’eux.

— Vous n'avez pas gardé de contact avec ses amis ou des amis de la famille ?

— Non, quand on est ado, on ne pense pas à ces choses-là et puis, je vous l'ai dit, on n'était pas vraiment amies. Ses parents, je ne les connaissais pas, juste « bonjour, bonsoir ». Moi j'ai suivi ma famille. J'ai fait de nouvelles rencontres. C'est même à ce moment-là que j'ai rencontré celui qui est devenu mon futur mari. Bon, depuis on a divorcé mais voilà c'est la vie. Vous voulez du lait dans votre café ?

Franck était troublé en écoutant cette femme.

— Non, merci. Vous n'avez pas d'autres renseignements à me fournir ?

— Désolée de ne pouvoir vous aider. J'ai cru que vous pourriez peut-être m'en apprendre de votre côté.

Franck n'était donc pas plus avancé.

— Je vous donne mon numéro de téléphone au cas où.

— Évidemment, je vous préviens si j'apprends quelque chose mais vous savez, après toutes ces années, je ne vois pas ce que je pourrais apprendre de plus.

Bien sûr, cela faisait des années qu'elle n'avait pas entendu parler d'Anne. Comment pourrait-elle l'aider davantage ?

Franck décide d'aller à la Mairie, à la Poste, il recherche un éventuel numéro de téléphone. Rien, pas de traces de qui que ce soit qui porterait ce nom.

Il rentre chez lui… déçu.

XXIII

La vie reprend son cours normal ou presque.

Anaëlle a revu Frédéric. Ils sont allés au cinéma. Elle n'a pas posé de questions sur cette fille. Lui, il n'a rien dit.
L'amitié était-elle toujours là ? Pas sûr...
Ils se sont promis de se revoir très vite.

Anaëlle reprend ses cours et retourne aider Nicolas, qui est plus motivé que jamais.
Elle trouve aussi un petit boulot dans un restaurant.

Charline, de son côté, essaie de comprendre ce qui se passe autour d'elle et se concentre sur ses cours et sur Jeff, un copain du collège, qu'elle espère bien séduire.

Marie a repris ses activités et tente de ressouder sa famille meurtrie.

Quant à Franck, il pense toujours à cette femme dont il ne connaît pas le nom ni le prénom. Quel idiot, il n'a pas regardé sur les sonnettes ou les boîtes aux lettres.
Il décide d'y retourner. Il faut qu'il retrouve la vieille dame. Elle doit sûrement habiter là depuis longtemps et elle devait connaître les parents d'Anne.

Il arrive à avoir quelques jours de congé et prétexte auprès de ses filles un nouveau déplacement professionnel. Anaëlle et Charline trouvent cela de plus en plus bizarre. Elles craignent vraiment que leurs parents se séparent.

* * *

Cette fois-ci, Franck ne va pas se faire avoir avec la vieille dame. Il la suit au marché, s'arrange pour qu'elle le voie devant le boucher, le maraîcher, pour qu'elle n'ait pas peur de lui.
Il finit par lui proposer de porter ses courses. Ce qu'elle accepte, à son grand étonnement.

Inespéré… comme un coup du destin (encore un ??), l'ascenseur est en panne. Il l'aide donc à monter ses sacs chez elle.
Bien sûr, elle lui propose un verre pour le remercier, ce qu'il accepte évidemment.
— Ça fait longtemps que vous habitez dans cet immeuble ?
— Oh oui ! presque 30 ans, j'en ai vu défiler des locataires, croyez-moi et pas que des biens !
— Vous avez dû en entendre des histoires ?
— Oui. Mais vous savez, les gens ici ils se causent pas beaucoup, à part raconter des ragots.
— Les LAROBIS, vous les connaissiez ?
— Oui, les pauvres, ce qu'ils ont souffert.
— Racontez-moi !
— Mais vous êtes qui, vous, pour poser des questions comme ça, un flic ?
— Non, je connaissais Anne et je suis à sa recherche.
— Anne, c'est à cause d'elle tout ça. Elle était toujours bizarre cette fille, comme si elle cachait quelque chose. Sous ses airs de jeune fille sans reproche, je suis sûre qu'elle avait un amant. Et puis un jour, elle a disparu. Sûre qu'elle s'est enfuie avec lui. Une gamine, vous vous rendez compte ! À mon époque…

Oh là là, ça y est. Franck croyait entendre sa grand-mère « Nous dans notre temps, on sortait pas sans autorisation. Une fille n'aurait jamais invité un garçon à danser, etc., etc. ». Il faut interrompre les divagations de la vieille dame.
— Vous savez où ils sont partis ?
— Non, ça a été dur pour les parents. Ils n'ont rien compris. Les recherches n'ont rien donné. La mère est morte de chagrin. La pauvre. Le père a survécu pour son autre fille. Deux ans après, Anne est revenue. Mais dans un piteux état : une vraie clocharde. Personne n'a jamais su ce qui lui était arrivé.

Anne ne s'était donc pas suicidée comme la lettre le laissait supposer. Il y avait donc un espoir de la retrouver. Un tsunami de sentiments envahissait Franck : espoir, crainte, le souvenir de l'amour qu'il avait pour elle... Il ne fallait pas se laisser submerger, il fallait essayer d'en savoir plus :
— Vous savez où elle habite maintenant ?
— Non, mais sa sœur habite l'immeuble, c'est l'appartement 12. Elle s'appelle Carole, je crois. Elle est divorcée, vous voyez le genre !
Franck fait semblant de ne pas avoir entendu cette réflexion :
— Vous croyez que je pourrais la voir ?
— Vous pouvez essayer mais vous savez, elle ne me dit jamais bonjour, pourtant elle devrait me reconnaître. Enfin ! C'est comme ça maintenant les gens... À mon époque...
Ça y est, c'est reparti ! Franck n'écoute plus.

Il prend congé de la vieille dame qu'il ne qualifierait pas de « sympathique » et se rend à l'appartement 12.
Il se reconnaît aussitôt et se demande s'il n'a pas rêvé. C'est l'appartement de la jeune femme qu'il a rencontrée lors de sa dernière visite. Ainsi, cette femme est la sœur d'Anne. Mais pourquoi aurait-elle menti ? Il voulait comprendre.

Il sonne mais personne n'ouvre. Il décide d'attendre un peu. Elle va bien finir par rentrer.
Son attente n'a pas été vaine. Environ une demi-heure plus tard, il entend quelqu'un dans les escaliers. Il ne sait pas trop si cette Carole sera aussi accueillante que l'autre jour. Il monte quelques marches pour se cacher et attend qu'elle ouvre sa porte. Il s'approche juste derrière elle et, en l'abordant, met son pied pour l'obliger à laisser la porte ouverte au cas où, mais il n'en aura pas besoin.

— Bonjour, vous me reconnaissez ?
Elle a un moment d'hésitation.
— Oui, entrez.
Elle se débarrasse de son sac et de son blouson et enchaîne aussitôt :
— Je ne vous ai pas demandé l'autre fois, pourquoi au juste vous posiez toutes ces questions ? Je n'y crois pas à votre histoire d'anciens élèves.

Franck était étonné. Il aurait plutôt imaginé qu'elle serait réticente à le recevoir et au lieu de cela, elle paraît intéressée. Il hésite à lui déballer tout de suite la vérité mais finalement, il se dit que c'est sans doute mieux d'y aller franchement pour espérer enfin savoir ce qu'est devenue Anne.
— Je suis Franck, j'ai été le petit ami d'Anne lorsqu'elle était adolescente. Je sais maintenant que vous êtes sa sœur. Pourquoi m'avez-vous menti ? Pourquoi m'avoir raconté ces histoires de voisinage ? Vous auriez pu vous contenter de dire que vous ne saviez rien !
Carole est surprise. Elle se demande comment il a deviné et ne sait pas quoi répondre. Elle s'en voulait de lui avoir raconté n'importe quoi. Elle s'en voulait d'en avoir trop dit mais ce secret était trop lourd à porter depuis toutes ces années et elle avait envie de le partager.

Franck lui raconte toute l'histoire, la lettre, la recherche d'Anaëlle, les informations obtenues de la voisine du premier étage, sans lui dire à quel point il l'avait trouvée désagréable et mauvaise langue.

— Je suis le père adoptif d'Anaëlle, la fille d'Anne. Et je pense être aussi son père biologique. Je l'ai adoptée il y a 16 ans sans savoir que c'était ma véritable fille. Maintenant je crois que je peux oser dire que j'en suis persuadé. Pourquoi, vous m'avez menti ? Pourquoi vous ne m'avez pas dit que vous étiez Carole, la sœur d'Anne ?

Franck se rend bien compte qu'il se répète et pose la même question, mais il insistera tant qu'il n'aura pas de réponse.

— Où est-elle ?

Carole est très troublée, d'autant plus qu'elle ignorait l'existence d'Anaëlle. Elle se sent prise au piège. Elle a en face d'elle le père de sa nièce. Elle se dit que si Anaëlle avait reçu cette lettre, il était peut-être temps que la vérité éclate. Mais, voilà, elle ne savait pas trop comment s'y prendre, elle avait peur des conséquences. Elle ne voulait pas trahir sa sœur. Si seulement cette mégère n'avait pas parlé, Franck serait resté sur sa version à elle. Il aurait toujours été temps plus tard de lui dire la vérité.

— Pourquoi ? Pourquoi ? C'est compliqué. Je m'en veux de n'avoir rien dit à personne. J'étais la seule à savoir pour Anne et je ne l'ai pas aidée. Mais, elle est partie sans me prévenir, sans me laisser le temps de réagir et de prendre une décision. J'aurais dû anticiper et comprendre ce qu'elle avait l'intention de faire, son envie de fuir. Quand je me suis décidée à parler à nos parents, elle n'était plus là et j'ai eu peur à mon tour qu'on me fasse des reproches. Alors je n'ai rien dit. Je l'ai cru morte comme ma mère. Quand je l'ai revue, deux ans après, je ne lui ai posé aucune question. Elle ne m'a jamais dit qu'elle avait eu une fille. J'ai pensé qu'elle avait fait une fausse-couche.

— Il faut que je la voie, dites-moi où elle est. Anaëlle n'est plus la même depuis qu'elle a reçu la lettre de sa mère le jour de ses 18 ans. Elle croit que sa mère est morte. Elle cherche son identité. Elle va mal, de plus en plus mal !

Carole ne sait que répondre. Elle semble réfléchir. Franck attend une réponse, une réaction de sa part, mais ce qui suit, cela, non, il ne l'avait pas prévu.

Le silence est rompu par une phrase que n'attendait pas Franck :
— La lettre... Elle a reçu la lettre ?
Cette voix, elle venait de derrière Franck. Il y avait donc une autre femme dans l'appartement. Franck n'ose pas se retourner. Qui va-t-il découvrir ? Une idée lui traverse l'esprit mais il n'ose laisser aller sa pensée. Il s'arme de courage, se retourne...

Il scrute ce visage et reconnaît ces yeux, ces yeux bleus qu'il avait si souvent regardés. Ils sont éteints aujourd'hui. Il n'y a plus la flamme qu'il y voyait il y a 20 ans. Mais il en est sûr, c'est bien elle, elle qu'il avait tant aimée, tant pleurée...
— Anne, ce n'est pas possible, c'est toi, mais pourquoi tu ne m'as rien dit ? On était si bien tous les deux ? J'ai été si malheureux, tu ne peux pas t'imaginer à quel point !
— Je me sens si mal. J'avais trop honte.
— Honte ! Mais honte de quoi, tu te rends compte de ce que tu dis, c'est moi qui devrais avoir honte de n'avoir rien vu. Il fallait me parler. On n'est plus au moyen-âge. Il y a des décisions qui se prennent à deux !
Anne est comme pétrifiée. Franck se rend compte qu'il s'est emporté et qu'il doit se calmer. L'heure n'est plus aux reproches. Il est trop tard pour cela. Le mal est fait. Il était partagé.
Franck était à la fois soulagé, en colère et triste. Tous ces moments gâchés…
Il ne savait que dire et que faire.
— Tu n'avais pas confiance en moi ? Tu ne m'aimais donc pas assez pour tout me dire ? Que croyais-tu ?
— Je ne sais pas, j'étais perdue, anéantie, je me disais que mes parents allaient me détester, que tu m'obligerais à avorter. J'ai préféré fuir.

— Et vivre ta grossesse toute seule !
— Oui, puis, après beaucoup de galères, j'ai rencontré une gentille dame qui m'a hébergée sans me poser de question.
— Simone.
— Mais comment tu le sais ?
— Tu l'as dit dans ta lettre.
— Tu l'as vue Simone, c'est comme ça que tu es remonté à moi ?
— Non, malheureusement, elle n'est plus de ce monde. J'ai rencontré sa fille qui m'a fait voir cette photo.

Anne est troublée. Elle n'avait jamais vu cette photo et encore moins de photo d'elle enceinte. Elle ne savait pas que Simone l'avait photographiée.
— Je ne voulais pas créer de problèmes à Simone. Alors quand Anaëlle est née, je suis partie.
— Tu as fui une fois de plus.
— J'ai essayé de me débrouiller mais j'étais très fatiguée et Anaëlle pleurait beaucoup. Je n'arrivais pas à la nourrir suffisamment. J'ai erré et j'ai rencontré des gens qui vivaient dans la rue. Ils voulaient bien que je reste avec eux mais pas avec un bébé et j'avais peur qu'ils s'en prennent à elle. Alors je l'ai laissée à l'orphelinat. Je voulais disparaître.
Presque deux ans après, j'ai revu Carole par hasard. Elle a failli ne pas me reconnaître. Mais moi je l'ai reconnue et j'ai eu le courage d'aller la voir, comme une dernière chance. Carole m'a dit que maman était morte de chagrin et que papa était devenu un zombi. Elle m'a suppliée de revenir. Je suis rentrée à la maison. J'ai pu remonter la pente, ai repris mes études et une vie normale mais toujours avec cette blessure en moi.
— Pourquoi, tu n'as pas cherché à retrouver ta fille, notre fille ?
— Encore une fois j'avais honte et je n'ai pas eu le courage d'affronter les autres. Et puis, c'était trop tard, elle avait été adoptée et je m'étais persuadée qu'elle serait plus heureuse avec ses nouveaux parents.
— Et moi ?

— Pareil. Cela faisait si longtemps. J'avais fait trop de mal à tout le monde. Ma mère en est morte, tu te rends compte. Il valait mieux tirer un trait sur le passé et ne pas chercher à revoir mes anciennes connaissances.
— Pourquoi avoir malgré tout fait le nécessaire pour la distribution de la lettre le jour de ses 18 ans ? Et d'ailleurs, pourquoi avoir écrit cette lettre presque deux semaines après la naissance, pourquoi pas tout de suite ?
— Après l'abandon, j'ai beaucoup réfléchi. Je voulais lui laisser une trace de moi mais je ne voulais pas qu'on me retrouve. Alors, j'ai eu l'idée de cette lettre distribuée lorsqu'elle serait en âge de comprendre. Je n'en ai pas mesuré les conséquences. J'avais besoin qu'elle sache, tu comprends ! qu'elle sache qu'elle était un bébé de l'amour et que je ne l'avais pas abandonnée parce que je ne l'aimais pas mais au contraire parce que je l'aimais et que je voulais qu'elle ait une vie heureuse. J'avais décidé de mourir après avoir écrit cette lettre et m'être assurée que l'orphelinat la trouve bien. Mais ça non plus, je n'en ai pas eu le courage… J'ai été lâche jusqu'au bout.

Carole prend la parole :
— Mais comment tu as fait pour garder ce secret aussi longtemps ? Tu ne m'as jamais dit que tu avais eu une fille.
— Je suis enfin libérée de ce secret. Tu ne peux pas savoir comme je me sens soulagée maintenant.
— Tu aurais dû me le dire. Ça sert à quoi une sœur ?
Anne ne répond pas.

Franck a l'impression de vivre à la fois un cauchemar et à la fois un rêve. Comment est-ce possible qu'il retrouve aujourd'hui celle qu'il avait tant aimée ? Maintenant, il y avait Marie, sa vie était ailleurs.

— Est-ce que tu crois qu'Anaëlle voudra bien me voir ?
Franck avait tellement de mal à digérer ce qu'il venait de vivre qu'il en avait presque oublié la réaction possible d'Anaëlle.

— Laisse-moi la préparer. Elle a vécu tant de désillusions depuis la réception de ta lettre qu'elle est devenue fragile.
— Je ne pensais pas que cette lettre aurait un tel effet. Je n'étais même pas sûre qu'un jour elle soit distribuée.
— C'est grâce à l'assistante du coursier qui avait du cœur, pas comme son collègue, le grincheux !
— Ce grincheux. Je ne sais pas de qui tu parles mais je me souviens de la fille à qui j'ai laissé ma lettre. La pauvre, elle ne comprenait rien. Et je n'avais pas assez d'argent mais elle m'a promis qu'elle ferait le nécessaire et je l'ai crue car elle avait l'air vraiment sincère. Je crois qu'elle avait été touchée par ma démarche, sans bien la comprendre. Ensuite, je me suis dit que le temps allait passer et que forcément cette lettre, elle serait oubliée au fond d'un tiroir, ou pire jetée à la poubelle, volontairement ou non.

Franck est resté un bon moment chez Carole. Ils ont beaucoup discuté. Anne habitait seule dans une tour voisine. Elle venait souvent chez Carole. Elle n'avait pas eu d'autres enfants ni d'autres hommes dans sa vie d'ailleurs. Elle était restée meurtrie par son passé. Mais, sans rien faire paraître, elle avait décidé de mener une « vie normale ».
Carole n'avait jamais rien soupçonné et, voyant que c'était peine perdue, elle avait renoncé à poser des questions sur ces deux années.

Toutes les deux, elles avaient préféré essayer d'oublier cette période et les conséquences sur leur famille. Anne s'était persuadée que sa fille était heureuse et sûrement plus heureuse qu'avec elle et avait préféré ne pas dévoiler son existence, même pas à sa propre sœur.
Mais, aujourd'hui, le passé avait refait surface.

* * *

Avant de laisser partir Franck, Anne tenait à rajouter quelque chose :
— Tu diras à ta femme que je lui suis reconnaissante, à elle et à son premier mari, d'avoir gardé le prénom d'Anaëlle.

— Je pense que cela ne leur est pas venu à l'esprit de changer. Ce prénom, c'était la volonté de sa mère, c'est comme cela qu'elle avait dû être appelée avant de naître et les quelques jours passés avec sa mère et il était hors de question d'en changer.
— D'autres parents adoptants l'auraient fait.
Franck ne sait pas. Il ne savait pas d'ailleurs si c'était possible de changer le prénom d'un bébé en l'adoptant.
Il prend congé des deux sœurs.

Franck était sur le chemin du retour. Il n'avait pas téléphoné à Marie pour lui donner de nouvelles et lui dire qu'il rentrait. Dans sa voiture, il réfléchissait. Il se demandait comment il allait s'y prendre pour tout raconter. Il fallait qu'il dise à Marie qu'il avait retrouvé son amour de jeunesse qu'il n'avait jamais oublié. C'était comme un doux souvenir et à la fois une terrible blessure qui ne s'était refermée qu'en apparence. Lui aussi avait préféré oublier.
Le passé était venu frapper à sa porte quand il avait revu cette photo. En roulant, il se dit que non, ce n'est pas avec la photo que le passé était revenu à lui, non, c'était Anaëlle elle-même qui était venue à lui. Sans cette rencontre au parc, il n'aurait jamais retrouvé Anne.
Le destin, peut-être... encore lui…

Maintenant, il fallait tout digérer... et il fallait aussi tout expliquer à Anaëlle.
Reste à savoir quand et comment s'y prendre.
Il lui restait encore pas mal de kilomètres pour y penser.

XXIV

Franck est rentré mais n'a rien dit de ses découvertes. Il a expliqué à Marie qu'il avait retrouvé une adresse mais qu'il y avait été pour rien. Il voulait encore attendre un peu, le temps de remettre tout en ordre dans sa tête et de trouver les bons mots.

C'était bientôt la fin de l'année et les filles commençaient à penser à Noël et à la décoration de la maison.
— Papa, je voudrais que ce soit le Noël le plus beau qu'on n'ait jamais eu.
— Tu as raison, Charline, ce Noël ne sera pas comme les autres.
Charline est étonnée de cette réponse mais ne relève pas.

Marie regarde son mari et comprend alors qu'en réalité, il a découvert quelque chose. Elle prend peur. Tout de suite, elle se dit qu'il avait sans doute retrouvé la trace d'Anne et qu'il n'avait pas osé le lui dire. Elle n'imaginait pas qu'elle puisse être vivante. Si elle l'était, ce serait trop dur. Peut-être était-il toujours amoureux d'elle. Et leur amour à eux deux alors, qu'allait-il devenir ?

Franck lit dans les yeux de son épouse toutes les questions qu'elle se posait. Ils se comprenaient tellement bien tous les deux.
Il était temps de tout lui expliquer. Il a attendu que les filles aient regagné leurs chambres et leurs occupations respectives pour tout raconter, la recherche dans les archives du lycée, la rencontre avec

Carole, sans savoir qui elle était, la rencontre avec la vieille dame et puis le dénouement final.
Ils ont parlé longtemps. Franck a rassuré Marie sur leur vie de couple.

* * *

Tous les deux, avant d'en parler à leurs filles, ils sont allés voir Anne.
Ils lui ont apporté des photos d'Anaëlle, des vidéos.
Anne était prête. Franck et Marie également.
Quant à Anaëlle ?

* * *

Une semaine avant Noël, les deux sœurs étaient assises sur le canapé devant la télé. Franck va s'installer près d'elles.
— Les filles, cette année à Noël nous avons décidé d'inviter quelqu'un que vous ne connaissez pas.
— Oh, non, c'est trop nul ! On va être obligés de faire semblant, proteste aussitôt Charline.
— Mais qui vous parle de faire semblant. Vous verrez c'est quelqu'un de bien.
Franck sort la photo donnée par Simone et la tend à Anaëlle.
— C'est la photo de ma mère Sandrine.
Puis, il tend une autre photo d'Anne et de lui.
— C'est qui ça, on dirait toi. Oui c'est ça, c'est toi mais c'est qui la fille à côté, c'est toi maman ? dit Anaëlle en regardant Marie, qui fait non de la tête.
Anaëlle a une photo dans une main et la seconde photo dans l'autre main. Elle regarde ses parents en se demandant où ils veulent en venir.
Franck essaie de lui faire comprendre qu'elle doit comparer les deux photos.
— Je ne comprends pas, on dirait la même fille. Et là c'est vraiment toi papa ?

— Oui, c'est moi et, elle, c'est Anne, ma petite amie de l'époque. On était très amoureux et un jour… elle a disparu.
Anaëlle regarde les deux photos et ne semble pas réagir. Pourtant, elle croit avoir compris. La fille sur la photo donnée par Simone c'est une ancienne petite amie de son père. Mais alors ? Le père du bébé, c'est possible que ce soit lui ?
Il est temps pour Franck de se lancer :
— Anaëlle, je suis ton père. Je veux dire je suis réellement ton père et ta mère biologique c'est elle, Anne,
— Mais, je croyais qu'elle s'appelait Sandrine !
— En réalité, elle s'appelle Anne et j'ai retrouvé sa trace.
— Vraiment ? Tu as retrouvé sa famille ? Anaëlle n'ose plus poser de question.
— J'ai fait plus que ça. Je l'ai retrouvée, elle ! Elle est vivante ! Et je l'ai vue.
— Vivante, mais comment ? Pourquoi ?
— Elle veut te connaître. Tu auras des réponses à toutes tes questions. Nous l'avons invitée pour Noël et tu pourras la rencontrer avant si tu le souhaites. Voici son numéro de téléphone.

Anaëlle prend le numéro, se lève et attrape le téléphone en passant. Marie la suit jusque dans sa chambre et l'encourage du regard.
Anaëlle compose le numéro. Ça sonne.
— Allo !
— Allo ! c'est Anaëlle.

Marie laisse sa fille et retourne au salon. Tout le monde est ému.

Anaëlle revient après quelques minutes :
— Est-ce que tu peux m'emmener demain papa ? Je veux la voir.
— Évidemment. Ça va bien ?
— Oui, je crois que ça va aller. J'ai hâte d'être à demain mais en même temps j'ai très peur.

— Je comprends, dit Marie, depuis le temps que tu attends, mais ne t'inquiète pas, tout se passera bien. Tout va venir naturellement. Je l'ai rencontrée moi aussi avec ton père et tu verras c'est quelqu'un de bien. Tu ne seras pas déçue.
Anaëlle se réfugie dans les bras de ses parents pour un gros câlin.

Charline qui ne perd pas le nord et qui profite de l'ambiance générale se risque à faire une requête :
— Moi aussi, j'aimerais bien inviter quelqu'un à Noël.
— Ah bon, qui ça ?
— Jeff !
— Jeff, c'est qui ça ?
— Ben papa, mon amoureux. On dirait que tu vis sur une autre planète. Promis, si je suis enceinte, je vous le dis !
Marie commence à rire et tous les quatre partent dans un immense fou rire.

XXV

Anaëlle s'était installée en terrasse. D'où elle était, elle pouvait voir arriver n'importe quelle personne.
Certes, nous étions en hiver mais cette terrasse ensoleillée, à l'abri du vent, était très agréable et, même s'il faisait un peu frais, on sentait quand même la douce chaleur du soleil sur le visage.
Sur la table d'à côté, il y avait des amoureux qui n'arrêtaient pas de se tripoter les mains. Un peu plus loin, des jeunes qui rigolaient à n'en plus finir. Anaëlle est presque gênée d'être seule à sa table. Mais cela n'allait pas durer.
Pour leur première rencontre, elles s'étaient donné rendez-vous dans cette boulangerie qui servait des pâtisseries et des boissons. Anaëlle attendait sa mère. Elle allait la voir, enfin… Elles s'étaient juste parlé au téléphone hier pour la première fois.

Anaëlle était arrivée très en avance pour être sûre d'être la première. L'heure convenue approchait et elle était de plus en plus impatiente, un peu comme un enfant qui attend le père Noël mais qui a peur de le voir.

Anne est finalement arrivée un peu en avance elle aussi. Elle avait repéré Anaëlle de loin. Elle aussi, elle appréhendait cette rencontre autant qu'elle l'espérait.

— Bonjour Anaëlle.
— Bonjour.

Bien sûr, Anaëlle l'avait vu arriver.
— Tu es là depuis longtemps ?
— Non, pas trop.
Elle ne voulait pas dire que cela faisait plus d'une heure qu'elle était là.
La mère et la fille ne savaient pas comment s'y prendre pour communiquer et, surtout, ne savaient pas par quoi commencer.
— On va devoir apprendre à se connaître. Si on commençait par commander quelque chose. J'ai vu qu'il y avait d'énormes Paris-Brest.
— Si tu veux, on prend ça, d'accord avec une limonade pour moi.
— Un café pour moi.
Le service avait été rapide et cela avait évité de se retrouver trop longtemps face à face sans trouver quoi se dire.

Le fait de déguster leurs pâtisseries avait un peu détendu l'atmosphère. Anne avait demandé à Anaëlle de lui parler de ses études. De son côté, elle avait parlé de son travail.
Anaëlle voulait qu'Anne lui explique sa naissance, son abandon, enfin tout ce qu'elle ignorait mais elle n'osait pas. Elle avait peur de créer des tensions dès leur première rencontre. Anne sentait bien qu'il fallait qu'elle prenne les devants et que, tant qu'elles n'auraient pas parlé de cela, elles ne pourraient pas avancer dans leur relation.
— J'imagine que tu dois me prendre pour une mauvaise mère de t'avoir laissée ainsi !
— Non, pas forcément, j'ai compris que tu espérais une vie meilleure pour moi.
— Oui, c'est exactement cela. Cela n'a pas été facile de prendre cette décision. J'avais rencontré des gens qui vivaient dans la rue et qui venaient de trouver un squat alors j'avais espéré que tout s'arrangerait, mais non ! L'un des hommes, le plus vieux, ne voulait pas que je reste. Sa femme disait : « Laisse-là rester avec nous, elle est toute seule et perdue avec son bébé. » Il répondait : « Elle doit s'en aller, elle va nous attirer des ennuis, ça pleure tout le temps les bébés, ça va attirer les gens, il va y avoir des plaintes et les services sociaux vont venir. Ils

vont nous chasser. » Et me regardant, il avait dit d'une façon très méchante « De toute façon, ils finiront un jour ou l'autre par te le prendre ton mioche !! Tu ferais mieux de l'abandonner tout de suite ». Sa femme avait répondu : « Mais tu n'as pas de cœur ! » Il était furieux : « Du cœur ! du cœur ! t'en as de bien bonnes, toi ! Je ne sais même plus ce que c'est, avoir un cœur. Mon cœur, je l'ai perdu. Il est resté dans notre maison avant qu'on nous expulse. Elle, elle s'est enfuie de chez elle, elle n'a qu'à y retourner. Elle a des parents, des gens qui peuvent s'occuper d'elle. Moi je veux pas m'encombrer d'un mioche, c'est compris ! » Alors je suis partie et la suite je l'ai écrite dans la lettre.

— Mais après, tu n'as pas cherché à me retrouver ?

— Quand ma sœur m'a reconnue dans la rue, j'étais devenue une moins que rien. Ça a été long, mais elle m'a permis de remonter la pente, de me reconstruire peu à peu, malgré cette blessure. Mais je n'ai rien osé lui dire. Une fois de plus, j'avais trop honte de moi.

Anne marque un bref silence en regardant Anaëlle et reprend :

— J'ai quand même tenté une fois de faire des recherches. Je suis allée à l'orphelinat, mais la personne qui m'a accueillie m'a dit qu'elle ne me connaissait pas et que ça faisait trop longtemps, qu'elle ne pouvait pas me renseigner, que rien ne prouvait que j'étais la mère de ce bébé, même si j'avais donné des détails, comme la façon dont tu étais habillée. Elle s'est énervée et m'a dit, presque en me criant dessus, que si j'avais abandonné mon enfant, je ne méritais pas de le revoir. Je crois que j'aurais dû insister plus. Cette personne était vraiment très méchante, aigrie, peut-être qu'elle n'en pouvait plus de voir tous ces enfants abandonnés et qu'elle en voulait beaucoup aux parents, ça se voyait. Je me suis résignée en me persuadant que tu étais heureuse dans ta nouvelle famille. J'ai même fini par oublier cette lettre que j'avais écrite, tant j'étais persuadée que, de toute façon, tu ne la lirais jamais.

— Mais, tu n'as pas rencontré un autre homme, fondé une famille ?

Anne a expliqué à Anaëlle qu'elle était toujours restée seule parce que son cœur ne pouvait plus aimer ; il avait été trop abîmé. Et elle ne se sentait pas le droit d'avoir des enfants. Elle était coupable et… résignée.

Anaëlle se disait que sa mère avait raison sur un point, Elle était heureuse dans sa famille d'adoption. Et puis maintenant, c'était extraordinaire, en retrouvant sa mère, elle avait retrouvé aussi son père. Elle demande à Anne :
— Ça a dû te faire bizarre de revoir papa, enfin… heu… Franck ?
— Oui, très bizarre…
— Mais, lui, tu n'avais pas cherché à le retrouver ? C'était facile, tu savais où il habitait.
— Non, c'était le passé, il fallait aller de l'avant. C'était impossible qu'il m'aime encore après ce que je lui avais fait. Imagine, j'arrive trois ou quatre ans après en lui disant : « Franck, tu te souviens de moi ? on s'aimait et je ne te l'ai pas dit, mais j'ai eu une fille. Par contre, je ne sais pas où elle est. Elle a certainement été adoptée mais je ne sais pas par qui. » Tu imagines sa réaction ?
— J'ai cru comprendre, d'après ce que m'a dit maman – Anaëlle a eu une hésitation en disant « maman » comme si elle se sentait gênée devant justement, sa maman – qu'il avait pas mal souffert de ta disparition.
— J'imagine… le pauvre ! il ne devait pas s'attendre à cela. Il a vraiment dû me prendre pour une gamine à ce moment-là. Il n'aurait certainement pas compris que je retourne le voir après. J'ai voulu tirer un trait sur ce passé.

Anaëlle et Anne ont discuté tout l'après-midi. Chacune a pu libérer son cœur et expliquer certains mal-être. Elles ont décidé qu'elles allaient se revoir régulièrement pour apprendre à mieux se connaître à défaut de pouvoir rattraper le temps perdu.
Anne était heureuse d'avoir enfin retrouvé sa fille. Elle n'avait jamais trop cherché à l'imaginer ; cela lui faisait trop mal.

Aujourd'hui, pour se consoler d'avoir perdu toutes ces années, tout en espérant profiter de l'avenir, elle se persuade que, sans doute, avec elle, elle n'aurait pas été aussi équilibrée.
Mais, comment savoir. De toute façon, on ne peut pas revenir en arrière. On ne peut qu'accepter la vie telle qu'elle est maintenant, accepter ses erreurs et essayer de faire en sorte que l'avenir soit le meilleur possible. Anne était bien décidée à ne plus rien lâcher maintenant et surtout à ne plus rien gâcher.

XXVI

Anne et Anaëlle n'ont pas eu le temps de se revoir avant le réveillon de Noël auquel Anne et Carole avaient été invitées.

Nous sommes le 24 décembre. Le grand jour était arrivé.
C'était l'effervescence à la maison.
— Maman, on fait comment pour placer tout le monde. Où je mets Carole, Anne et Tonton Marcel ?
— Pourquoi, ne mettrais-tu pas Tonton Marcel entre les deux. Ils pourraient faire connaissance.
— Maman, tu ne serais pas en train de vouloir jouer les entremetteuses par hasard ? demande Anaëlle avec son petit air malicieux qui la caractérisait si bien, mais qu'elle avait un peu perdu ces derniers temps.
Marie est heureuse de voir que sa fille a enfin retrouvé sa joie de vivre.
— Non, rien de tout cela mais on ne sait jamais, des célibataires ensemble ça peut faire naître de jolies choses, dit Marie avec un petit sourire tout aussi malicieux ; sourire qu'Anaëlle lui rend avec beaucoup de complicité.
— D'accord, mais moi, je me mets en face de Tonton Marcel. Je l'adore et il faut que je le surveille car des fois ses blagues ça ne fait pas rire tout le monde. Tu sais bien ?
— Oh que oui, on dirait parfois qu'il n'y a que toi qui le comprennes.
— C'est vrai qu'on s'entend très bien.
— Oui, je n'ai jamais vraiment su pourquoi d'ailleurs.

Anaëlle ne savait pas pourquoi elle aimait autant Tonton Marcel. Peut-être parce qu'il était toujours à l'écoute. Il n'avait pas d'enfant, ni de femme, personne pour le contredire ou lui faire des reproches, alors il avait du temps pour Anaëlle dont il aimait lui aussi la compagnie.
Charline voulait avoir son mot à dire :
— Si tu te mets en face de Tonton Marcel, Fred, tu le mets à ta droite ou à ta gauche ? Parce que moi, je veux être à côté de Jeff.
— Évidemment, on ne va pas séparer les couples.
Anaëlle a l'impression d'avoir dit une bêtise. Elle et Fred, ce n'était pas un couple. Personne n'avait relevé. Ouf ! D'ailleurs, elle se demandait ce qu'il en était du couple Charline-Jeff. Elle n'avait jamais osé demander à sa sœur où ils en étaient exactement. Elle était encore très jeune : 14 ans. Elle ne devait pas encore avoir beaucoup d'expérience. C'est idiot, se disait Anaëlle, elles sont très proches toutes les deux et pourtant, elles ne parlent jamais de ces choses-là. C'est pourtant à cela que ça sert des sœurs.
Anaëlle était trop réservée et mal à l'aise pour aborder les questions d'amour avec sa sœur. Pourtant, quelquefois elle en avait parlé avec Tonton Marcel. Pourquoi, avec lui ? Voilà qu'elle reprend ses réflexions de tout à l'heure. Il y avait vraiment un truc spécial avec cet oncle, qui était plus qu'un membre de la famille, c'était aussi un confident, quelqu'un qui ne juge pas. C'est ça, c'est pour cela qu'Anaëlle aime bien parler avec lui car il ne critique jamais, il explique. S'il n'est pas d'accord, il donne toujours de bons arguments et finalement, Anaëlle se rend compte toute seule quand elle fait fausse route.

Ses réflexions sont interrompues par Charline :
— Mais, au fait Anaëlle, pourquoi Fred, il est toujours là à Noël. Il ne veut pas rester dans sa famille ?
— En fait, ils ne réveillonnent jamais. Leurs parents ne veulent pas. Ils préfèrent faire un bon repas le jour de Noël. Ses frères vont à droite, à gauche, et lui n'a pas envie de rester tout seul alors, à chaque fois, je lui propose de venir et il est ravi.

— C’est sûr, il fait pratiquement partie de la famille, maintenant.

Anaëlle ne répond pas.
Elle aurait pu lui retourner la question et lui demander pourquoi Jeff n’était pas, lui aussi, avec ses parents, est-ce que ce n’était pas un peu tôt pour l’inviter à une soirée familiale alors qu’ils se connaissent à peine ? Mais ses questions en auraient amené d’autres et elle aurait dû s’expliquer sur la présence de Fred, qui n’était qu’un « ami ». Elle préfère se taire et laisser les choses se faire. Ce n’est pas le jour pour se chercher querelle.

Franck, comme d’habitude, s’était occupé des vins et avait commencé à ouvrir les huîtres. Marie avait besoin d’aide en cuisine. Les filles finissent vite de décorer la table. Elles ont rajouté des bougies et plein de petits bonshommes de neige et de Pères Noël achetés sur le marché de Noël le samedi précédent. Elles étaient fières de leur déco.
— Bravo ! les filles, venez m’aider à faire les toasts.
Anaëlle et Charline adoraient les préparatifs des repas de famille. Tout se faisait toujours dans la bonne humeur et ce Noël, elles se l’étaient juré : ce serait le plus beau Noël connu depuis longtemps.

Elles étaient tout juste prêtes lorsque les premiers invités sont arrivés. D’abord, Tonton Marcel puis les deux garçons : Fred et Jeff en même temps. Ils semblaient bien s’entendre. Les deux sœurs en étaient ravies.
— Carole et Anne ! Je vois que je suis bien entouré mais qui sont ces personnes que je ne connais pas ? demande Tonton Marcel.
C’est vrai que personne ne lui avait fait part des derniers événements et il avait du retard à rattraper. Anaëlle se fait une joie de tout lui raconter mais rapidement car déjà la sonnette retentit à nouveau. Cette fois-ci ce sont Anne et Carole. Il ne manquait plus que les parents de Marie, la petite famille de son frère et la tablée serait complète.
Ce qui ne tarda pas à arriver.

Cette soirée a vraiment été riche en discussions en tout genre. Les nouveaux invités : Anne, Carole et Jeff avaient suscité de multitudes questions de la part de toute la famille. Chacun voulait tout connaître, savoir où ils habitaient, leur travail, l'école de Jeff... Évidemment, personne n'avait osé parler à Anne de son abandon d'enfant et elle leur en était reconnaissante.
Jeff avait, de son côté, beaucoup amusé la galerie. Il s'entendait à merveille avec Tonton Marcel et ils avaient fait un joli duo de comiques. Seul Fred, comme toujours, était resté très discret. Il était toujours aussi timide et réservé (et perdu lorsqu'Anaëlle n'était plus près de lui).

Tout le monde avait bien mangé et s'était bien amusé.
Anaëlle a bien vu Jeff et Charline qui se tenaient la main sous la table. Mais, elle n'a rien dit tant elle aurait voulu que Fred, lui aussi, lui prenne la sienne.
Chacun a félicité Marie pour ses plats. Celle-ci n'a pas manqué de faire remarquer qu'elle avait eu de l'aide de ses « adorables » filles.
« Et de son mari aussi évidemment » avait rajouté Franck.
Bien sûr, le Père Noël était passé.

Mais plus que les cadeaux, c'est le bonheur d'être ensemble qui avait rempli le cœur d'Anaëlle. Enfin, elle savait d'où elle venait. Elle se sentait légère comme l'air.
Anne, de son côté, se sentait aussi libérée du poids qu'elle portait depuis toutes ces années et elle avait décidé que, maintenant, elle n'allait plus s'imposer de barrières et que, si l'amour voulait lui tomber dessus, elle se laisserait aller à aimer.

L'esprit de Noël avait vraiment été présent sur la maison, cette nuit-là.

XXVII

Les fêtes de fin d'année s'étaient très bien passées.
Marie n'était plus inquiète. Franck l'aimait et rien n'y changerait, même pas le retour d'un premier amour.

Anne avait aussi parlé à Anaëlle de sa propre famille, de ses parents, des cousins qu'elle allait lui présenter un jour.

Anaëlle se demande alors s'il n'est pas tant de mettre à exécution ce à quoi elle avait pensé chez la mère de Madame TERRIEN au sujet de son arrière-grand-mère.

— Maman, papa, j'ai envie d'aller rendre visite à Mamie Louise. Je vais lui présenter Anne.

Franck et Marie sont surpris. Mamie Louise habite loin et ils vont la voir une fois par an dans sa maison de retraite. Sans doute, n'est-ce pas assez. Jamais ils n'auraient imaginé que leur fille aurait un jour proposé elle-même d'aller la voir. Mamie Louise, c'était la grand-mère de Marc, le premier mari de Marie. C'était le seul membre de la famille de Marc que Marie côtoyait encore de temps en temps, mais elle la connaissait assez peu et ils allaient la voir plus par obligation que par sentiment. Ils ont toujours pensé que cette Mamie ennuyait Anaëlle et Charline. Quant à Franck, il n'a jamais cherché à la connaître vraiment, pour lui c'est une étrangère et elle lui rappelle que Marie a eu un autre amour avant lui.

Mais, après tout, si Anaëlle voulait lui rendre visite, pourquoi pas ?

— Je viens avec toi, dit Charline. J'ai comme un grand esprit de famille, moi aussi, tout à coup.
Pourtant, Charline n'avait aucun lien familial avec Mamie Louise. Mais, toutes les excuses étaient bonnes pour prendre un peu l'air loin des parents.

C'est décidé. Elles iront aux vacances de février, toutes les deux, avec Anne.

* * *

Cette fois-ci, ça y est. Nous sommes en février. Il est temps d'y aller. Anaëlle et Charline passent prendre Anne chez elle et c'est parti pour 500 km de route. Évidemment, en roulant, on écoute de la musique, mais par n'importe laquelle. Anaëlle ne peut pas s'en passer de cette musique. C'est comme si le chanteur faisait le voyage avec elle.
Elles ont réservé une chambre pour trois dans un petit hôtel pas très loin de la maison de retraite.
La route a été longue et lorsqu'elles arrivent enfin, c'est déjà presque la nuit. Elles se font un petit dîner entre filles dans une crêperie ; encore un moyen de passer un bon moment et de faire plus ample connaissance.

Le lendemain matin, elles décident de se rendre à la maison de retraite sans prévenir Mamie Louise.
— Tu es sûre que ça va lui faire plaisir ? Elle va se demander qui je suis, s'inquiète Anne.
— On va lui expliquer, répond Anaëlle très confiante.

« Numéro 17 » leur a rappelé Franck. Les trois filles frappent. Pas de réponse.
— Peut-être qu'elle est un peu sourde ! dit Charline, à son âge !

— Arrête, ce n'est pas très gentil de dire ça !
— Mais non, c'est pour rire...
— Ah bon, j'aime mieux ça. Tant pis, entrons.

Anaëlle entre la première. Mamie Louise est absorbée par un jeu à la télévision. Elle n'a rien entendu. Anaëlle regarde le meuble près de la table et observe les photos de toute la famille. Ainsi, cette Mamie vit avec les souvenirs de ses enfants, petits-enfants et arrière-petits-enfants et se morfond sans doute toute seule dans sa maison de retraite. Anaëlle voit avec nostalgie une photo de Marie et de Marc. Ça lui fait bizarre car elle ne l'a pas connu. Pour elle, c'est un étranger. Elle ne connaît pas non plus les autres personnes sur les photos. Marie avait coupé les ponts avec pratiquement tous les membres de la famille car elle avait toujours l'impression qu'ils la considéraient comme responsable de la mort de Marc. Et ils lui en voulaient de s'être remariée aussi vite. Sans doute à tort, mais bon, c'est ainsi. On ne peut pas commander les sentiments des autres. Marie avait reconstruit une autre vie avec Franck, alors elle avait préféré laisser dire et ne plus chercher à les voir. Elle avait tenu à rendre de temps en temps visite à la grand-mère de Marc car elle savait que celui-ci l'aimait beaucoup et elle se sentait redevable de cela.
Anaëlle comprend son père Franck, qui n'a sans doute pas très envie, en venant rendre visite à Mamie Louise, de voir sa femme dans les bras d'un autre homme. Car il n'y a aucune photo de Franck sur le meuble.

* * *

Mamie Louise ne les a toujours pas entendues. Anne décide de frapper à nouveau à la porte. La vieille Dame se retourne enfin et après un moment de surprise et d'hésitations, son visage s'illumine d'un large sourire.

— Anaëlle c'est toi, c'est bien toi ? Et Charline ? Comme vous avez changé ! C'est incroyable. Vous êtes magnifiques. Mais qui êtes-vous, Madame ?
Anaëlle et Charline embrassent leur arrière-grand-mère, qui visiblement ne perd pas le Nord, puis Anaëlle prend la parole.
— Je te présente Anne, ma maman.
— Comment ça ta maman, et Marie ? Je suis âgée mais pas encore tout à fait gâteuse. Je ne comprends pas, on ne m'a rien dit.
— Mais non Mamie, tu te rappelles que j'ai été adoptée. Anne est ma mère biologique et figure-toi que Franck est, et bien, mon papa biologique aussi, incroyable non !
— Je n'y comprends rien. Il va falloir m'expliquer tout ça.
Charline se retient pour éclater de rire. Finalement, elle est plus rigolote que dans ses souvenirs cette Mamie. Elle regrette de ne pas être venue la voir plus souvent.

Tout le monde s'assoit autour d'un café et elles dégustent le gâteau qu'Anne avait cuisiné.
Anaëlle explique toute l'histoire qui semble bien plaire à Mamie Louise.
— Oh, mes enfants, comme je suis contente que vous soyez venues me voir. Je ne vois pratiquement plus personne ici. Tout le monde est parti habiter à droite à gauche et je suis loin de tous.
— Et bien voilà, nous on est là aujourd'hui, lance Anaëlle. On a voulu te faire une surprise. Et on a décidé qu'on viendrait te voir plus souvent, même si c'est loin.

Anne en rajoute :
— Moi, je viens de retrouver ma fille. J'ai envie de me reconstruire. Je n'ai pratiquement pas de famille à part ma sœur et avoir une grand-mère ça me plairait assez. Je pourrais venir vous voir moi aussi. Si on allait déjeuner en ville pour parler de tout ça. Vous avez le droit de sortir ?

— Bien sûr, je ne suis pas en prison... Ils vont être jaloux mes compagnons de table mais tant pis, ça va me changer, aujourd'hui c'était hachis parmentier, je pourrai m'en passer je crois. Il faut juste prévenir.
— Et bonne nouvelle, Mamie, on a prévu de rester deux jours. On va se voir aujourd'hui et aussi demain.
— Génial !
Charline est étonnée de voir son arrière-grand-mère parler ainsi.
Elles s'en vont déjeuner à l'extérieur toutes les quatre. Elles passent l'après-midi dans un parc de la ville. Mamie Louise ne peut pas marcher beaucoup mais en faisant régulièrement des pauses, elles arrivent à profiter du beau temps pour se balader.

Le lendemain, elles reviennent chercher Mamie Louise en fin de matinée pour déjeuner et passer l'après-midi ensemble. Elles emmènent Mamie Louise au cinéma.
La vieille Dame est ravie. Elle a l'impression de faire l'école buissonnière et d'avoir une nouvelle jeunesse.

Mais, les bonnes choses ont une fin et il faut repartir.
Cependant, elles repartent pleines de bons souvenirs. Mamie Louise a fait le plein de bonheur pour plusieurs jours.
Et c'est décidé, Anaëlle va d'abord en parler à ses parents, mais elle va faire des recherches pour trouver une maison de retraite plus près de chez eux et elles reviendront chercher Mamie Louise, c'est promis. Puisque de toute façon, les autres membres de la famille ne viennent quasiment jamais la voir, il ne devrait pas y avoir de problèmes.

XXVIII

Une nouvelle vie s'organise pour tout le monde.
Anne a déménagé et déjeune très souvent avec Anaëlle qui est trop contente d'échapper à la nourriture du restaurant universitaire.
Anaëlle a fait connaissance avec les fameux cousins qui sont très étonnés d'avoir une petite cousine tombée du ciel.

Les études deviennent de plus en plus dures. Le travail personnel s'intensifie mais Anaëlle s'accroche. Elle veut continuer. Elle est plus motivée que jamais et elle transmet sa motivation à Nicolas qui s'étonne lui-même : 16 de moyenne. Extraordinaire ! Son père n'en revient pas. Il félicite Anaëlle et lui dit que si un jour elle a besoin, elle pourra compter sur lui. « J'essaierai de m'en souvenir lorsque je chercherai du travail » se dit-elle mais en espérant ne pas en avoir besoin. Décidément, elle préfère nettement sa famille à celle de Nicolas et se demande même comment ce garçon peut être aussi sympathique.

Franck et Marie ont trouvé une place dans une maison de retraite à quelques kilomètres de chez eux pour Mamie Louise.
Ça n'a pas été simple de la faire venir. Le frère de Marc n'était pas d'accord mais Mamie Louise a réussi à le convaincre en le mettant devant la réalité : c'est elle qui paie la maison de retraite et il ne vient la voir qu'en coup de vent de temps en temps. Elle ne se sent pas aimée par lui et, ainsi, s'il veut venir la voir, il aura l'occasion de voyager et peut-être que ça le forcera à renouer quelques liens avec Marie et

Anaëlle, qui reste malgré tout sa nièce. En somme, il n'a pas eu d'autre choix que d'accepter. Elle a du caractère Mamie Louise malgré son grand âge !!
Cependant, elle n'est pas habituée à voyager. Alors, Anaëlle est allée chez elle pour qu'elle ne fasse pas le voyage seule. Elles ont pris le train. Une première pour Mamie…
Depuis, dans sa nouvelle maison de retraite, elle reçoit régulièrement des visites et improvise même des sorties avec Anne et Anaëlle.

Charline aussi rend régulièrement visite à Mamie Louise. Quelquefois, elle est accompagnée de Jeff. Maintenant, on peut dire qu'ils sont officiellement en couple. Tout le monde apprécie de plus en plus ce garçon. Il fait désormais partie de la famille.

Par contre, il reste Frédéric, toujours le mystère Frédéric. Son amitié avec Anaëlle semble repartie de plus belle. Ils ont dû mal à se passer l'un de l'autre. Malheureusement, au grand désespoir de l'un et de l'autre, cela reste toujours de l'amitié. Aucun n'ose faire le premier pas. Qu'ils sont compliqués ces deux-là !

XXIX

Nous sommes début juillet. Charline vient d'avoir son Brevet et Anaëlle a 20 ans. Encore une bonne occasion de faire la fête.

Tout le monde est là. La famille, Tonton Marcel, Fred et ses frères, Jeff et bien sûr Carole et Anne. Même Madame TERRIEN et Nicolas ont été invités. Plus on est de fous… Bien sûr, Mamie Louise est là aussi.

Anaëlle veut remercier tous les invités avec un discours :
— Il y a un peu plus de 19 ans, j'ai été adoptée par Marie et Marc. Il y a 17 ans, j'ai dit papa à un inconnu qui en fait n'en était pas un puisque c'était vraiment mon père. Seulement cela je ne le savais pas. J'avais une maman et deux papas adoptifs. Il y a deux ans, ma vie a été bousculée par une lettre et, après de multiples recherches, il y a quelques mois, j'ai rencontré celle qui l'avait écrite. Maintenant, j'ai deux papas et deux mamans et je les aime tous tout autant. Je suis heureuse et finalement ça valait bien un peu de contrariété pendant deux ans.

* * *

Anaëlle a juste fini son discours lorsqu'on entend le bruit de la sonnette de la porte d'entrée. Charline va ouvrir :
— Une lettre recommandée pour Anaëlle SIMOND-GUIRLOT !
— Oh, non, ça ne va pas recommencer !

Anaëlle est fébrile et regarde autour d'elle. Pas un bruit. Tout le monde est suspendu à sa réaction. Dans l'enveloppe, une autre enveloppe où il est écrit « MISE EN GARDE ». Anaëlle croit défaillir. Son cœur s'est accéléré d'un coup. Elle ouvre et finalement, son cœur se remplit d'une immense joie. Elle a déjà lu dans sa tête mais veut en faire profiter ses invités ; elle lit à voix haute : « *Attention, ceci est une mise en garde. Vous avez un admirateur secret. Depuis 4 ans, il est amoureux de vous et n'ose pas vous le dire. Normalement, à cet instant précis, il est juste derrière vous.* »
Anaëlle ne se retourne pas tout de suite. Elle sait qui est derrière elle. Elle se demandait d'ailleurs pourquoi il s'était mis là.
Elle se retourne et saute dans les bras de Frédéric.

Franck qui était complice a mis un slow. Il connaît les goûts musicaux de sa fille et lui fait une petite série, rien que pour elle.

Frédéric prend Anaëlle par la main et l'emmène danser. Franck éteint les lumières.

Enfin, Frédéric va oser embrasser Anaëlle. 4 ans qu'il attend. C'est si long, 4 ans… Mais ce n'est rien, comparé à une vie entière... celle qui les attend désormais.

Puis une autre chanson « c'est ta chance, le cadeau de ta naissance… »

Anaëlle lui glisse à l'oreille « Moi aussi, je t'aime. Maintenant j'ai tout compris ».

« Y'a que les routes qui sont belles ». Anaëlle n'est pas d'accord… quand on est arrivé, c'est bien aussi…

* * *

À présent, la vie pouvait continuer et l'amour allait enfin pouvoir trouver son chemin.

Et… il faisait beau ce jour-là…

Je remercie tous ceux qui de près ou de loin m'ont donné l'envie et la force d'aller au bout de mon rêve.

Je remercie particulièrement Ginette pour tous ses précieux conseils et ses encouragements.

Je remercie aussi tous ceux qui ouvriront ce livre, en espérant qu'ils auront plaisir à le lire.

Imprimé en France
Achevé d'imprimer en octobre 2018
Dépôt légal : octobre 2018

Pour

Le Lys Bleu Éditions
128 rue de la Boétie
75 008 Paris